私《わたし》は豚

Imura Konami
井村 小波

文芸社

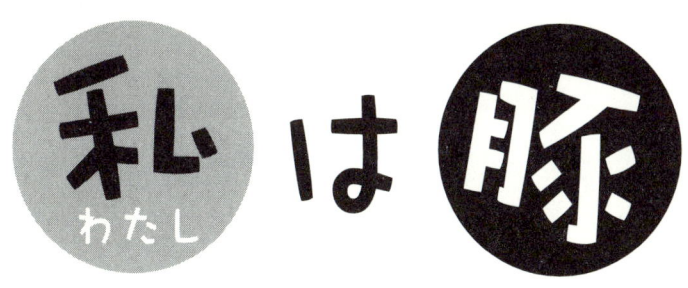

一

誰も多分こんな話を信じないでしょう。自分自身でさえ上の空で、まるで夢を見ているような気分なんですもの。そういう私は何者かって。名乗らなければ分かってもらえないのは当たり前だけれど、大声で言うのもちょっぴり恥ずかしいんです。だって私は人間じゃないんです。小さな声で教えてあげるけれど、いいえ、まだ教えるのはよそうと思います。

想像して見て下さい。人間でないなら、一体私は何なんでしょう。私だって孔雀のように優雅で華麗な羽根を持ち、いつでもその美しさを誇示することが出来るなら、こんなやましくて姑息な手段にうったえずに、堂々と名乗りをあげたでしょう。

私がこんな醜い姿に生まれついたのは、私の責任じゃないけれど、生まれてきてしまったんだから、どうすることも出来ないじゃありませんか。私は私の姿を卑下する気は毛頭ありません。しかし失望しています。

私は豚です。しかもとびっきり醜くて、動作も鈍く、私を見ただけで人は毛嫌いする、豚なんです。言葉の響きにしても、呪われたように聞こえてなりません。

私は日夜願望しています。豚以外の生き物に、出来れば人間に生まれ変わることが出来たらと。しかしそれは実現不可能な望みです。豚の分際で生意気だと罵られても仕方のない、贅沢で、身勝手で、分不相応な願望に違いないことは、誰に言われなくても、重々承知しています。それでも人間になりたいと望んでいます。

どうしたら人間になれるかと、真剣に考えて悩んでいます。私のそんなはかない願望を、仲間の多くは鼻の先で、せせら笑っています。私は数十匹の仲間と一緒に人間に飼われている身の上です。その身の上を思えば、身の程知らずと思われても仕方ありません。

私の名前は洋子。ついでに仲間達を紹介しておきましょう。陽気で大食漢で、おまけにいたずら好きなのが健次で、その横にいるのが泣き虫でさびしがり屋のきれいな静香です。彼女は私と大の仲良しで、いつも一緒にいました。

「僕達はとんでもないところに来ちまったぜ」

健次が突拍子もなくこんなことを言いました。私と静香は顔を見合わせました。

「それはどういう意味」

私は口を尖らせて尋ねました。健次はお調子者で、時々途方もないことを企んでは私達を驚かせていたからです。もうその手に乗るものかと思っていても、ついついだまされます。

「ここがどんなところかお前達は知っちゃいまい」

「知ってるわ」

「知ってる。じゃどういう所か言って御覧」

「ここは私達の遊び場よ。餌もあるし、自由気ままに暮らせるし、私達にとっては楽園みたいなところよ。こんなところが他にあって」

私は少し気取って答えていました。健次の鼻をあかしてやりたい気持ちが先走っていたのかもしれません。私はちょっぴり演説口調になっていました。

「お前は何も知らないんだな」

「何が言いたいの。いつまでも私達を馬鹿にしないで。言いたいことがあったらはっきりとおっしゃい」

「僕達に餌をくれるのは、ちゃんとした理由があるんだ。僕達を大きくふとらせる理由がね」

健次は意味あり気に言いました。そう言われても、私はまださっぱり心当たりがありませんでした。

私は疑いというものを知りません。自分で言うのもおかしな話ですが、素直で天真爛漫でした。空は青く澄みわたり、広々とした草原があり、濃い緑に囲まれて、これ以上の環境があるでしょうか。

食べたいものを腹一杯食べ、ごろ寝をしたり、将来の夢を語りあったり、そんなおしゃべりに夢中になっていると、日が暮れるのです。時間はまるで惜しいものを捨て去るようにあっという間に過ぎて行きます。もし私に不満があるとしたら、いえこれは言わないでおきます。言うと思い出して悲しくなるから、なるべく楽しいことだけ思いうかべることにします。

「僕はあることを聞いてから、食欲ががっくり減っちまったのさ。君達もこれを知ったら、多分、今までみたいにがつがつ食べるのを止めると思うがね」

健次はまだ奥歯に物のはさまったような言い方を止めようとはしませんでした。

「貴方の話なんか、どうせ嘘に決まっているんだから。もうこれ以上聞きたくないわ」

私は癇癪持ちだから、すぐ腹を立てるのです。悪い癖ですが、生まれつきだから仕方ありません。もう少し、大人しく、静香のようにおしとやかになりたいんだけれど、静香は特別です。静香はどうやら健次のことが好きみたいだけれど、健次のどこがいいのか、生意気で傲慢で鼻持ちならない奴なのに、静香は健次の前へ出ると、もじもじ煮え切らなくなります。

「僕達がぶくぶく太って旨そうになると、殺されるからさ」

健次が揶揄するように言いました。

「そんなこと嘘よ。大法螺に決まっているわ」

私がこう叫ぶように言い返すと、健次はふてくされたように笑いました。

「嘘なもんか。僕もお前も、ここにいるみんなも殺されて食われちまうんだぜ」

「誰がそんな残酷なことをするの」

私は真剣に尋ねずにはいられませんでした。

「人間さ。決まっているじゃないか」

私は思わず耳を塞いでいました。健次の言葉が私の耳に雷のように劈いたからです。よくそんなことが平気で言えるわと思いました。私は人間が好きだし、憧れているのに、誰よりも強く人間になりたいと切望しているのに、健次は平気で私の夢を打ち破ることを言うのです。

「嘘なら嘘でいいさ。今に分かることだからな。それよりも、お前は人間になりたいだって。人間になるのが夢だって。お前って馬鹿な奴だな。豚が人間になれる訳があるものか。しかし、ひょっとしてなれるかな」

健次の呟きを耳にしたので、

「本当」

と私も軽はずみに相槌を打っていました。

「人間に食われれば、人間になれるじゃないか」

と健次は又も憎々しげに言うのでした。健次の言う通り、私達の運命は刻一刻と迫っていました。人生に山や谷があるように、楽あれば苦があり、幸福の裏には不幸が紙一重にへばりついているように、私達の楽園にも次第に暗雲が立ちこめて来ました。

ある日のことです。黒い服に黒い皮の靴を穿き、黒眼鏡をかけた人相のよくない男が二、三人、突然闖入して来ました。その日は朝からよく晴れて、気持ちのよい陽射しが皮膚にちくちくする刺激を与えていました。私達は機嫌よく遊んでいました。軽い運動をしている者、昼寝をしている者もいました。私は健次を無視して、静香と押しくらをしていました。静香はおとなしいので、いつも活発な私が勝っていました。

そこへ彼等がどかどかと、荒々しく入って来ました。私達は驚いて、一瞬たじろぎました。何事が起こったのかと、男達を不安そうに見たのでした。

「親方、どれにします。どれもこれもみんな旨そうでしょう」

私達は彼等に舐めるように見つめられました。

「今日はやめるか。まだこれといった上物はいないじゃないか」

「そうですか。そんなことはないんだがな。あれにしやすか。あれは顔色もいいし、尻がでかくてぷりぷりしてるでしょう。見るからに旨そうじゃないですか」

媚びを売っているような言い方が、いかにも野卑でした。男は静香の方をじっと目を凝らして見ていました。静香の色の白さは群を抜いているので、一際目立ったのです。肉付きもよく、いかにも人懐っこそうな目に愛嬌があって、人眼を惹くのかもしれません。

私だって、静香に勝るとも劣らないと思うのですが、彼等には全く見る目がありません。静香に注目するなら、私にだって注目すればいいのに。そう思うと腹が立ちました。

「どうだい。これで僕の言ったことが嘘じゃないって分かっただろう」

健次が得意そうに言いました。口惜しいけれど健次の言った通りです。それから仲間の多くが連れて行かれ、日増しにここにいる者が少なくなりました。

「次は誰の番かな」

健次が不吉なことを言うので、

「そんなこと言うのはやめて」

と私も静香も耳を塞ぎましたが、不安は募るばかりです。

「死ぬ時は一緒よ」

と私は静香に言いました。

「どうやったら連れて行かれないですむかしら」

私と静香は必死で考えました。もしそんないい方法が見つかれば、そのためだったらどんな努力も惜しまない覚悟でした。

「方法は一つだけある」

健次が言いました。健次の言うことだから当てにはなりません。どうせ法螺に決まっているので、取り合わないけれど、この際です。藁をもつかみたいような気持ちなので、私も静香もついつい健次に耳を貸しました。

「その方法って、どんなかしら」

健次は勿体振って教えてくれません。意地悪をして楽しんでいるのです。困っている時や難儀している時に、足元を見る人がよくいます。健次も同じことをして嗤っているのです。

「君達に出来るかな」

「出来るわ」

「そうかな。だったら教えてあげないこともないけれど。簡単なことだよ。何も食べなければいいんだ」

健次の答えは明解でした。

「そんなことすれば死んでしまうじゃないの」

私は口を尖らせて言いました。

「どっちにせよ死ぬんだ。食べても死ぬ。食べなくても死ぬ」

「じゃ同じじゃないの」

私が呟くように言いました。

「同じだけれど、少し違うんだ」

「どんな風に」

「食べても死ぬけれど、それは死じゃなくて殺されることだ。食べないで死ぬのも死ぬことだけれど、こっちは少なくとも自分の意志が働いている。殺されるのとは訳が違うよ」

健次の言うことはむつかしくてよく分からないけれど、どっちにしろ私達が死ぬことに違いありません。

「私は厭だわ。まだ死にたくないわ」

静香が神に祈るように言いました。

「私だって」

私も静香と同じように、神に祈るような仕草をしました。

「残ったのは僕と君達だけになった。みんな連れて行かれてしまった。僕達は運がよかったのかもしれない。しかし明日はいよいよ僕達の番だ」

「そんな厭なこと言わないで」

「だってこれが僕達の運命だもの。運命には逆らえないし、勝てないからね」

冷静に健次が言いました。こんな時にどうして冷静になれるのかと思うぐらい、健次は落ち着いていました。

「最後の最後まで諦めちゃいけないわ。希望を持つのよ」

私は誰にともなくこう呟いていました。しかし私のこんな言葉も朝露のようにはかなくどこかに消えてとんでいました。

「こんな時に何だが、君はまだ人間になりたい夢を持っているのかい」

健次が尋ねました。私は答えるのをしばらくためらっていました。

「勿論よ」

私はさっき希望を捨てないと言ったばかりです。これぐらいのことで、あっさり自分の夢を捨ててしまいたくありませんでした。

「君はあんな残酷な人間の片棒をかつぐつもりなのか。人間になって、そして僕達を次から次へと殺戮して食べてしまおうと思っているんだね」

「そんなことはしないわ」

私はむきになって反駁を試みていました。もし私達がこんな窮地に追い込まれていなかったら容赦しないところでした。相手がたとえ誰であろうと、ひとを侮辱したような言葉を吐いたら許したりはしません。私はきっと殴りつけていたに違いありません。

「明日はきっと私の番だわ」

静香が震える声で言いました。

「そんなことはないわ。貴女はきっと助かるわ」

「どうして」

「だって貴女は特別だもの。貴女は豚の中でも女王様のように気品があって美しいもの。そんな豚を殺せはしないわ」

「貴女の言う通りだったら嬉しいんだけれど」

「きっとそうよ。そうなるわ」

私は自分の言葉を信じていました。

「もしそうならなかったら」

「もしそうならなかったとしても安心よ。私が一緒だもの。私と一緒なら、何も怖くなんかないでしょう」

「そりゃそうだけれど」

死という言葉はなんと恐ろしい言葉なんでしょう。この言葉がなければ、生きる者のすべてがもっと華やかで、もっと幸福になったでしょう。しかしこの地球上に棲息するすべての生き物が、この死の前に平伏し、生と死を繰り返して来ました。

私達だって例外ではありません。今が一番楽しい時なのに、それを理不尽にも花を摘み取るみたいに奪い取り、もみ消してしまうなんて、どう考えてもあんまりです。

健次の言う通り、これから断食を敢行して、枯れ木のようにげっそりやせ細り、骨と皮だけになったらぞっとして目もくれないでしょう。生き延びるためにはこの方法しか残されていませんが、これも余り感心出来ません。健次のように粗野な雄だったらいいかもしれませんが、私達のように花も恥じらう雌にとって、醜くなることは死と同じ意味を持つからです。それまでして生き延びようとは考えたくないからです。

「眠られないの」

夜の星がちかちかと輝いていました。死んだら多分私達もあの星の一つになって輝くのでしょう。小さい頃誰かにそう聞いたような気がします。

「明日になったら生きていられるかどうか。それを考えていたら、とても寝てなんかいられないわ」

静香は興奮しているのか、甲高い声を出して言いました。それにしても私達の足は何て不恰好なのでしょうか。足ばかりではありません。大きな図体にあてがわれたような顔の造作も、もののみごとに自分たちの期待を裏切っています。頓馬に見える細い目、壁に衝突してひしゃげられたような鼻に太い棒が突き刺さったように大きな穴が開いています。まるで不気味なとんねるのようです。真正面から見れば見る程間が抜けて、しまりがなくて、どうしようもなく収拾がつきません。

「眠らないと体に毒よ。明日は明日で何とかなるものよ。私達が幸福でいられると思うのは、罰あたりかも知れなくてよ。私達の仲間の多くがここから連れ出されて斬殺されたんだもの。何の目的もなく、ただ人間に肉体を賞味されるだけのために、私達は生かされ、そしてやがてごみのように始末されるのよ。それが私達の運命なのかもしれないけれど、やっぱり癪にさわるわね」

私は豚なんてこりごりだと思っていました。金輪際豚になんか生まれるもんじゃないと思いました。この世に生を享けるのは素晴らしいかもしれないが、選択を誤るととんでもない運命にあやつられるものです。豚なんてどう考えても割りがあいません。

ふと健次を見ると、特徴のある鼻から息を出したり吸ったりして眠っていました。やがて静香もすやすやと安らかな眠りに陥りました。両方ともどうやら深い眠りに着きました。私は何故だか寝つかれません。うとうとすると、ぱっと目が覚めたり、妙な夢にうなされたりしました。

私は私の目の前に妙な人影を見ました。

「貴方は一体誰なの」

「儂かね。さて、一体誰なんでしょう」

「魔法使いのお婆さん」

私がこう言うと相手はずっこけそうになりました。

「そりゃないだろう。こう見えても、儂は豚の精なんだよ」

「豚の精。豚の精なんて聞いたことがないわ」

私は突慳貪に言いました。だってどう見ても豚の精には見えなかったからです。もし妖精ならばそれらしい姿をしているに違いないからです。豚の精は魔法使いのお婆さんのように黒いマントに黒い帽子を被っていました。箒は持っていませんでしたが、その代わり、妙な杖のようなものを持っていました。魔法使いのお婆さんなら、けつまづきそうな高い鼻をしているのに、鼻はそれほど高くありません。鼻だけが、豚を髣髴とさせるように低く、横に広がっていました。

「この儂をそんなに邪慳にしていいのかな」

豚の精はこう言って気味の悪い笑い方をしました。その声が、耳の中をくすぐるように響くので、私は思わず首をすくめました。

「豚の精というのはやっぱりおかしいわ。妖精なら薄くて綺麗な羽根を持っているものよ。どこにもないじゃない」

「それを言われると面目ない」

豚の精は恐縮して照れた笑いを洩らしました。

「でも豚の精だということは認めるわ」

「そりゃ嬉しい」

「だってその醜い姿は豚以外の何物でもないでしょう」

「こりゃ手厳しいな。儂がここに出現したのは他でもない。またとない吉報を持って来たのだが、聞いてみるつもりはないかな」

「今は眠くて仕方がないの。貴方に起こされて少し機嫌が悪いのだけれど、聞くだけなら聞いてあげてもいいわ。私だってもし貴方が豚の精なら聞いて貰いたいことがあるの」

「この儂にかね」

「そうよ。私達は今重大な局面を迎えているのよ。死の瀬戸際に立たされているのよ。くる日もくる日も、死の恐怖と向かいあって気が狂いそうなの。何とかして貰いたいわ」

「そりゃ気の毒だな。そんな目に会っているとはちっとも知らなかった」

豚の精は眉をくもらせて、いかにも苦渋にみちたという表情を顔にうかべました。

「でも貴方を責めてみたところで仕方がないわね。貴方の責任でこうなったんではないもの。気が立っているから、ついつい きついことを言って御免なさい」

「そんなことは少しも構わないさ。それで気が晴れるなら、何なりと思っていることを吐き出せばええ。ところで一つ尋ねたいことがあるんだがね」

「知っていれば何でも答えるわ」

「そりゃ有難い。質問というのは他でもない。人間になりたいと願っている豚がいるそうだが、君は知らないかな」

「ええ、何ですって。もう一度言って下さらない」

「何度でも言うがね。しかし決して声を出して笑っちゃいかん。君は多分儂の頭がどうかしていると思うかもしれないが、人間になりたい豚がいるって小耳に挟んだことがある。豚が人間になれる道理がないと君は思うだろう。その通りだ。豚が人間になれるものか。そんな話は今まで一度も聞いたことがないし、豚の分際でそんなことを考える者は誰もおらん。ところが、人間になりたい、どうか人間にして下さいと、毎夜毎夜熱心にお祈りしている豚がいるそうじゃないか。儂もつい最近、その声を聞いたことがある。それを確かめるためにここへやって来たんじゃ」

「それは本当ですか」

「本当だとも」

「それがもし本当だとすれば嬉しいわ」

「どういうことかな」

「だって人間になりたい豚というのは私のことなんです」

「ほお、君がかね」

私は夢を見ているような気持ちでした。夢ならさめないで、このまま快い気分を一秒でも長く持続していたいと思いました。夢ならきっとさめるし、さめたらがっかりするからです。

「でも、そんなこと出来る筈がないわ」

私がそう言うと、

「儂が豚の精でもかね」

と豚の精が言いました。

「そう。私が人間になれるなんて、未来永劫無理な話だわ。私を可哀想だと思って慰めてくれるのは嬉しいけれど、私をからかうのだけはやめて欲しいわ。私にも自尊心があって、心が傷つけられるのが悲しいもの」

「急に気が弱くなったもんだな。どうせ出来ないと思って、儂を信じることだな。出来なくてもともと。もし人間になれたらそれにこしたことはないだろう」

「そりゃそうだけれど。人間になって、一体私は何をすればいいの」

「そりゃ儂にも分からん。それは君自身が考えることじゃないか」

「夢というのは頭の中で考えているうちが華ね。現実に夢が叶えられるというのに」

「嬉しくないと言うのかね」

「嬉しいわ。でも同時に不安が頭を掠めて通るの」

「じゃ諦めるのかい」

「それはもっと厭よ」

私は自分でも支離滅裂なことを言っているのが分かりました。しかしそれをどうすることも出来ませんでした。だって豚の精がいることも知らなかったし、その豚の精が急に目の前に現われて、私の夢を叶えてくれるなんて思ってもみなかったからです。

「若いうちは何事も経験だ。若い命を散らすのも運命なら、いいやお前達の仲間の多くを殺した罪滅ぼしかも知れん。お前は実に運のいい奴だ。選ばれたのを素直に感謝しなければいかんて。人間になれば、少なくとも人間に殺されることはなくなる訳だからな。喜ばなければならない」

「静香や健次はどうなるの。私だけ助かるなんて御免だわ」

私は声を大にして叫びたいのを我慢し、二人の命乞いを懇願しました。

「お前の気持ちは分からんでもない。だが、豚の精といえども、すべての豚を救済することは出来ない。いやお前を人間にするということは、我々がお前に賭けているのかもしれん。お前が人間になれば、我々を助けるかもしれん。そんな希望を抱いて、お前を人間にしようとしているのかもしれないからな。だからお前は何も責め苦を感じることはない。人間になって自由に心ゆくまで満喫すればよい。時々我々豚のことを考えてくれればそれでよいではないか」

それから豚の精が星を仰ぎ見るように促したので、私は心持ち顔を傾けて夜空を見あげました。真珠のように無数の名もない星が、一つ一つけばけばした光りを投げつけているのを見ていると、その光りの輪の中に吸い寄せられるような気がしました。と、その時です。流れ星が一瞬矢を射るように、大きな弧を描きながら通り過ぎました。私はその流れ星まではっきり覚えています。

しかしその後で私の身に一体何が起こったのか、まるで記憶がありません。頭の中がくらくらと、目まいを起こしたように渦が巻いて気が遠くなりました。体に苦痛もなく、傷一つ負うこともなく、私は正体を失くし、気がつくと、見覚えのある景色の中に俯伏せになったまま横たわっていました。

柔らかな干し草が、快い感触で私を包んでいました。私の耳に懐しい声が響いて来なかったら、私はいつまでもそこに死んだように横たわったままでした。不意にというか、理不尽にというか、突然私のかつての同胞であった声が、私の鼓膜を刺激しました。

「あの声は、静香だわ。静香に違いない」

そう思うと、私はその場に立ちあがっていました。私はまだ自分が人間に変身していたことも気づかずに、ただ見覚えのある、少しも変わっていない景色の中に佇んで、声のする方を凝視していました。

私の思った通り、私の目に静香が首に縄をかけられて無理矢理引っ張られている姿が飛び込んで来ました。静香は厭がって足を引き、前足と後足に力を入れて、子供のように駄々をこねて精一杯抵抗していましたが、かよわい静香は抵抗しきれず、二人の人間にずるずる引っ張られていました。

人間の耳には、静香がぶうぶうと鼻を鳴らしているようにしか聞こえなかったでしょう。

私には静香が、助けて、誰か助けてと、悲鳴をあげて救いを求めているのが分かります。私はその声を聞くと、矢も楯もたまらずに飛び出していました。私は人相のよくない大男の前に飛び出して、行手を遮るように仁王立ちになりました。

「おじさん、その豚をどこへ連れて行こうとしているの」

私はこの時初めて人間の言葉を喋りました。私の意志が相手に通じることが出来るのです。豚の身だったらこうはいかないでしょう。喜びや悲しみを、人間に伝えることも、或いは理解されることも出来なかったに違いありません。言葉の疎通が、私達と人間を遠く隔て、人間は私達豚を平気で凌辱し、私達は私達で苦痛を伴いながら屈伏してきました。その間、私達は何も抵抗せず、人間の意のままに身を委ねばなりませんでした。人間とその他の生物の葛藤や矛盾も、そこから生まれたに相違ありません。不公平や権力の前に弱い者が虐げられるという、地球上での自然の法則に、ずっと従って来ました。

私達は意味もなく、理由もなく、いや、それは私達の側からの見方で、人間から見れば意味もあるし、理由もあったでしょう。私達の柔らかな肉がこの上もなく美味なので、人間の味覚を満たすのに充分だからです。私達の生命の尊さなど、彼等の倫理からすれば紙のように薄いものです。人間の生命の尊さから比べたら何ほどのことがありましょう。

人が人を殺せば罰せられ、罪を科せられるけれど、人が私達を殺しても何の罪も科も問われないのです。私の目の前で、罪もない子羊、いや子豚が又も生贄にされようとしています。どんなに暴れても拒否しても、人の力には勝てず、短い生涯を花と散らせるのです。私達の死は人の死のように悲しみもされず、当然の如く闇から闇に葬り去られてしまいます。

私は人間に生まれ変わって一体何が出来るだろう。そんな問いを自分自身にも、豚の精にも投げかけたのを思い出しました。人間に生まれ変わったとて、人間の非業さや残酷さを発揮するだけなら、私は深い後悔と反省の地獄に墜ちて行くだけだったでしょう。

「お前は一体どこの何者だ」

前方で静香の首に縄をかけ引っ張っていた男が私の出現で驚いたのか、少したじろいで立ち止まったまま、それでも威嚇するように分厚い唇を重そうに動かしながら言いました。

「なんだ小娘じゃないか。邪魔をすると怪我をするぜ」

後ろから静香の可愛らしくてぽちゃぽちゃした尻を押していた男が、追従するように続けました。私は彼等のいかにも悪党顔をした顔を見るだけで吐き気を催しそうになりました。私の勇気と英知がどこから湧き出したのか、私にも分かりませんでした。

私のような臆病者が、果たして私の倍もそれ以上もある強そうな相手に立ち向かって勝てるのでしょうか。答えはすでに決まっているようなものです。それでも私はたじろがず、相手を睨みつけるように目線をあわせました。

「その豚を連れて行って殺す気ね」

私は強気で言いました。

「お前には関係ないだろう」

「もしそうだとしたら、どうするんだ」

「そんなことはさせないわ」

「させないだと。笑わせるんじゃない」

そう言いながら、後ろの男が揶揄を含んだ笑いを浴びせました。

「お前はどこから来た」

「この辺じゃ見かけない顔だな」

「私は天使よ」

私がこう言うと、男達はますます笑い声を高く響かせました。空はよく晴れて、青い空のすき間に白い雲がゆっくりと流れていました。おだやかで、陽気で平和な日和なのに、その下は、とても危険で容易ならぬ雲行きになりそうでした。風が吹き木立ちがざわめき、鳥が今にも飛び立ちそうな気配になりそうでした。

「この娘は少し頭がおかしいんじゃないか」

「そうかもしれねえ。可哀想に。まだ若くてめんこいのに、頭がいかれていちゃ話にならねえな」

「そうよ、手前のことを天使だとよ。とんだお笑い草だ」

「それじゃ天使様、ちょっくら道をあけて下さいな。この豚を天使様の大勢いらっしゃる、天国へ連れて参るところでございますからね」

男達の野卑な言葉は連綿と続き、その合間にも笑い声が絶えませんでした。

「豚の精様。この私は一体どうしたらいいのでしょうか。このまま手を拱いていれば、友達を見殺しにしてしまいます。そんなことは私には出来ません」

私は思わず心で呟いていました。

「そんな必要はない。戦うがよい。思う存分戦って暴れるがよい」

豚の精が私に反応しました。

「だって私は女の子よ。相手は大男よ。しかも二人もいるのに勝てるかしら」

「さあな、それはどうか儂にも分からん。見殺しに出来ないとなれば、戦う外方法があるまい。いつまでも儂を頼らず、自分の力をまず試してみるがよい」

豚の精は無責任に言いました。どうして私をもっと強い、見た目だけでも筋肉もりもりの強そうな人間にしてくれなかったのでしょう。

「もしどうしても貴方達が大人しくその豚を渡さないなら仕方がないわね。乱暴はしたくないけれど、少し痛い目にあうかもしれないわね」

私はこう言いました。こうなったらもう後へは退けません。静香をみすみす殺す訳にはいかないからです。どんなことをしても助けなければなりません。

「生意気な小娘だな。まだそんなことをぬかすのか。仕方ねえ。まずはこの娘から血祭りにあげることにするか」

男達はこう言って私に襲いかかって来ました。私は逃げる間もなく、大きな男達に両方から腕をしっかりつかまれて、後ろに捩じ曲げられてしまいました。

私は本当にかよわい女の子です。力も何もない女の子なのに、その女の子を大の男達が二人もかかって責めるのですから、たまったものではありません。私は気絶し、怪我をして、揚句の果てには殺されてしまうかもしれません。

ミイラ取りがミイラになるとはこのことを言うのでしょう。誰か正義の獅子か、白馬に乗った王子様が、この可憐な少女と、一匹の豚を助けるために、遙か彼方から救いに現われないでしょうか。

いくら待っても、そう都合よく現われそうにありません。こうなったら、私もありったけの蛮勇をふるうしか仕方なさそうです。私は豚でした。豚は豚なりの微力を持っています。その底力を今こそ発揮しなければ、発揮する時はないでしょう。ものは試しです。体の中に蓄えた力をうんとためて、一時に爆発させるのです。そうすれば、多分物凄い力となって燃焼することが出来るでしょう。私は捩じ曲げられた腕を逆に回転させました。するとどうでしょう。私にも予期せぬ出来事が起こったのです。

私の腕は風車のようにぐるぐる旋回しました。腕をしっかり握っていた男達は、手を離さないので、一緒にぐるぐる回り始めたのです。遊園地のゴンドラか、ジェットコースターにでも乗っているような状態になりました。男達は目が回ったのか、ぎゃっと言って喚き始めました。私は手をゆるめず、念力で更に回転を強めました。男達はたまらず、とうとう手を離しました。

私が手の回転を止めて見上げると、二人の男達は木の葉のように宙を高く舞っていました。それからどこへ落ちたのか、多分尻でもしたたかに打って腰を抜かしたか、それとも頭から落ちて気絶したか、そのどちらかでしょう。

「危ないところをどうも有難う。貴女に何てお礼を言ったらいいのかしら」

静香が鼻を鳴らしながら近寄って来ました。懐かしい匂いが私の鼻を刺激しました。

「お礼だなんて、水臭いじゃない」

私が静香の耳に息を吐きかけるようにして言うと、静香はびっくりした表情をしました。

「貴女は、どうして私の言うことが分かるの」

「何も驚くことはないわ。私は貴女のことをよく知っているのよ」

「私は貴女を知らないわ。だって人間に知り合いなんて一人もいないもの」

「静香、私よ、私をもう忘れてしまったの」

「そう言われても答えようがないわ。思い出せないもの」

「そうね。貴女がそう言うのも無理はないかもしれないわ。だって自分自身でもびっくりしているもの」

私はそう言ってから、静香に私の身に起こった出来事をゆっくり説明しました。勿論豚の精に会ったこともです。豚の精が私を力づけ私を人間に変えてくれたことを言いました。

「貴女の念願がやっと叶ったのね。私は貴女のことを内心馬鹿にしていたわ。そんな夢物語が叶えられる筈はないと思っていたのよ。御免なさいね」

「何も謝ることなんかないわ。貴女の言うことが正しいんだもの。私は幸運だったのね。私自身だって、こうなるとは思ってもみなかったんだもの」

「貴女の御陰で私は助かったのね。貴女に何て感謝すればいいのかしら」

「すんだことはもういいの。それより私を見てどう思う」

「どうって」

「私は可愛い女の子かしら」

私は自分の顔さえまだまともに見てはいませんでした。豚には豚の容姿があって、顔があります。人間にだって顔があって、女の私にはその顔付きが一番気にかかります。

「素敵よ。何て愛くるしい顔をしているのかしら。羨ましいわ」

これ以上の褒め言葉はありません。私はそれを聞いてほっと胸を撫でおろしました。

「でも貴女は遠いところへ行ってしまったのね」

「そんなことはないわ」

「だって私は豚だし、貴女は人間よ。別の世界じゃない」

「豚でも人間でも今まで通りよ。私と貴女の友情は変わりはしないわ。これからも仲良くしましょう」

「そう言って貰えて嬉しいわ。貴女が私の傍にいてくれれば私も安心だわ。狼から身を守ることが出来るのね」

「ところであの生意気な奴はどうしたの」

私は話題を転じるように言いました。静香に再会して、ふと健次を思い出したからです。私達はいつも一緒でした。健次は生意気でいつも口を尖らせながら乱暴ばかりしていたけれど、根はやさしくて淋しがり屋でした。

「どこへ行ったのか、急にいなくなって捜していたの」

「まさか、あの連中に連れて行かれたんじゃないでしょうね」

「さあ分からないわ」

「もしそうだとしたら大変だわ。一刻も早く見つけないと大変なことになるわ」

しかしどこをどう捜していいか、まるで雲を掴むようで分かりません。私と静香は取りあえず、太陽の出て来る東に向かって歩を進めました。今更元の場所に帰れません。帰ったところで危険が待っているのがおちだからです。それよりも、そこからなるべく反対の方へ、出来るだけ遠くへ行くしかありません。ひょっとして、いつか、どこかで健次に会うかもしれません。私と静香はそう思いながら、別に旅路を急ぐという訳でもないので、ゆっくりと、のんびり歩き出しました。

二

私と静香の、人間と豚という珍名な道連れは、人眼を惹くのに充分でした。私は人間になれることが出来たら、きっと素晴らしいことが待っているに違いないと、勝手に想像をめぐらしたのです。その素晴らしいことが具体的にどんなことなのか、豚の浅知恵で私に分かる筈はありません。しかし豚よりましだと見当がつきました。豚の境遇から見れば、人間は自由で気儘で闊達に見えました。それだけでも人間に憧れるのも尤もでしょう。私達の環境ときたら、囲いの中ですし詰めのように、ぎゅうぎゅうにつめられて飼育されるのです。たらふく食い、適当に運動させられて、この世の春を謳歌していると思ったら、どんでん返しの罠が大きな口を開けて待っているのです。

誰もが絶望の底にたたきのめされて、不安におののき、呻吟する声やすすり泣きの声が聞こえるようになると、それこそ地獄絵を見るような毎日でした。

「やっと解放されて自由の身になったけれど、これからどうします。自由の身も案外楽じゃありませんね」

「貴女はもう私が邪魔になったんじゃなくて」

「そんなこと言ってやしないわ」

「そうかしら。私には耳が痛くなるくらい、あなたの心の声が聞こえてくる気がするの」

「もうずい分と歩いたのに、地球は何て広いのかしら。この道は一体どこまで続いているの」

「疲れたのなら、私の背中にお乗りなさい。ただし乗り心地まで責任は持てないからね」

「それよりお腹がすいたわ」

「貴女のその口癖は人間になっても少しも変わらないのね」

静香が小馬鹿にしたように言いました。そういう静香だって、お腹をごろごろ鳴らせて空腹を訴えていました。静香は利口でお上品だから感情を露骨に現わさず、どんな時でもやせ我慢していました。

餌の時間が来ても、いつも一番後ろのすみっこに隠れるように蹲いていました。先を争うことをしたことがありません。私と健次は餌の時間になると、いつも一番を争ったものです。負けるとくやしくて、私は健次の尻にかみつきました。

「これから私達は一体どうなるのかしら」

静香のめそめそ癖が始まりました。

「なるようにしかならないわ。貴女は先のことをあれやこれや考え過ぎるわ。悪い癖よ」

私は静香をとっちめるような口調で言いました。

「貴女は相変わらず楽天家ね」

「喧嘩するのはやめましょう。言い争っても腹のたしにはならないもの」

「それもそうね」

「もう少し歩けば、家が見つかるかもしれないわ。もし見つかったら私が戸を叩いて頼むわ。貴女だったら向こうがびっくりするし、相手にしてくれないものね」

「ひどい言い方をするのね。人間になったからと言って、そんな言い方はないと思うわ。貴女だってもとはと言えば、私と同じ豚だったんじゃないの。私とたいして変わらないのよ」

静香も負けずに言いました。お腹がすいているので、いらいらしていました。こういう事って、よくあるかもしれません。分かっていながら、ついつい憎まれ口をきいてしまうのです。静香も私も悪気などあろう筈がありません。仲が良いから、かえって遠慮会釈なく思っていることを吐き出すことが出来るのです。

道は私と静香がやっと通れるぐらい狭くてでこぼこしていましたが、長く一本の線を引いたように続いていました。私も静香もはじめての土地です。今までこんな風景を見たことがありませんでした。道の両側は田圃と畑ばかりでした。

「ここは一体どこかしら。何というところでしょう」

静香が陽を遮るようにして言いました。私は、周囲をさっきからきょろきょろ見回して、もし人とすれ違うことがあったら尋ねようと思っていました。

「道しるべ一つ立っていないのね。でも道があるんだから、この道を歩いて行けば、そのうちどこかへ行き着くわ。そこはきっと素晴らしいところに違いないわ」

「又始まった。貴女は際限もなく空想するのが得意ね」

「悪いかしら」

「悪くはないわ。でもたまには足もとを見るのも必要よ。いつもいつも貴女の思い通りにならないわ」

「勿論そうよ。だって私は人間になれれば、もっといいことが一杯待っていると思っていたもの。楽しいこと、胸をわくわくさせるようなことが、きっとあるに違いないと思っていたのに。ちょっと期待外れしているの。だって何もないもの。これじゃ豚だった時とあんまり変わらないもの」

私がしょげてこう言うと、静香は目を細めて笑いました。

「貴女って欲張りね。人間になれたことだって幸運なことなのに、それ以上まだ何が望みなの」

そう言われるとその通りです。しかし私はまだ人間になったことがぴんと来ませんでした。実感出来ないのでした。人間ってこんなものなのかしらと思いました。もしそうだとしたら何も人間になるのを望む必要もなかったのだと、ちょっぴり反省したりもしました。

向こうから一人の男が牛を連れてやって来ました。男は若くもなく、かといって老人でもありませんでした。

「めんこい豚を連れているな」

男は私達を見てこう言いました。静香は褒められたので悪い気がしなかったのでしょう。細くて短い尻尾を振って御機嫌でした。ぶうと鼻を鳴らして愛嬌をふりまきました。

「お前達、どこへ行くのだ」

「どこって、別に行くあてもないわ」

「そうかい、俺だってお前達がどこへ行こうと関係ないが、そんな豚を連れていると危険だな」

男は眉をくもらせました。

「どうして」

「知らないのか。知らないのなら教えてやるが、この先は食い物が少ないからみんな飢えてるだ。飢えてるから食い物があれば手あたり次第だ。そんなところへ豚を連れて行って見ろ。人が大勢集まって来て、骨までしゃぶられるだ」

それを聞いて静香は悲鳴をあげました。さっきまで御機嫌だったのに、もうあわてふためいていました。

「じゃ行くのはやめようかしら」

「やめることはない。俺にその豚をよこしな。そうすりゃ何も問題はない」

「問題がない。冗談でしょう」

「誰が冗談など言うものか。悪いことは言わない。そのめんこい豚を助けたいと思うなら、その豚を俺によこしな。そうすりゃすべて解決するだ」

「厭よ。おことわりだわ」

私がそっぽを向いて拒否すると、

「それじゃこの牛と交換すべえ」

と男が言いました。

「こんなやせた牛とじゃ駄目だわ」

「じゃ何だったら交換してくれる」

「そうね。おじさんのお腹の中にある煎った豆となら交換してもいいわ」

「お前はどうして俺が豆を持っていると分かった」

「匂いよ。おじさんのお腹の中から香ばしい匂いがぷんぷんしているもの。誰だって分かるわ」

私と男の約束が成立しました。すると静香が私の耳元で囁きました。勿論静香の言うことが男に筒抜けになる懸念はありません。男は静香が私に何を話しているか、チンプンカンプンだったに違いありません。人間には静香の声は鼻を鳴らすしわがれ声にしか聞こえないからです。

「本気でそんなことを言っているの」

「貴女は黙っていればいいの」

「こんな大事な時に黙ってなんかいられないわ。やせた牛と私を交換するって、あんまりじゃない」

「やせた牛じゃないわ。煎った豆よ」

「同じようなもんじゃない」

「同じじゃないわ。貴女は煎った豆の香ばしい匂いが分からないの」

「分かってるわ」

「それならつべこべ文句は言わないの。お腹がへってるでしょう。私は何も食べてないから、もう腹ぺこよ」

「私だってお腹がへって死にそうよ」

「だから私にこの場は任しなさい。私の言う通りにしていれば、あの煎った豆が食べられるんだから」

私は自信あり気に静香を説得しました。それでも静香は不安そうな目をしていました。

「お前達は頭を寄せ合って何をごちゃごちゃ言ってるだ。お前は豚と話が出来るのか。出来るなら俺にちょっくら通訳してみるべ」

男が卑しそうな笑みを浮かべて言いました。豚がもう手に入ったと糠喜びしているのかもしれません。

「おじさん、ただ交換しただけじゃつまらないでしょう」

「それはどういう意味だ」

「煎った豆を手離さずに、この豚も手に入れる方法があるのだけれど、どうかしら」

「そんな旨い話があるなら、それにこしたことはない。どうすりゃいいべ」

男は今にも涎を流さんばかりに言いました。

「簡単なことよ。今から私と睨めっこするの」

「睨めっこ」

「私が豚を、おじさんが豆を賭けるの。睨めっこをして勝った方が貰えるの。どういい考えでしょう」

「勝ったらその豚が俺のもんになるだな。嘘じゃないべ」

「嘘なんかつかないわ。その代わり、私が勝ったら、その豆は頂くわ」

「分かった。睨めっこだな。したがその睨めっこはどうやってすべえ。俺にも分かるようにちょっくら教えてくれねえか」

私は男にルールを教えてやりました。本当に勝てる自信があるのかと、傍で静香が心配そうに見ていました。それもその筈で、私が負けたら静香が餌食になるからです。私はというと、人の褌で相撲を取るようなもので、至極気楽でしたが、私には勝算がありました。でなかったら、どうして静香を人質に、じゃなかった豚質になどするものですか。

男も一緒に連れて歩いている牛に勝るとも劣らぬほど面妖な顔をしていました。相手にとって不足はなく、ひょっとして強敵になるかもしれません。私と男は面と向かい、顔を近づけて睨み合いました。

男は私が思った以上に頑張りました。男は次から次へと顔を崩し、恰も百面相をするように、その顔を千変万化しました。私は不覚にも、もう少しで笑い出すところでした。私は笑いを堪えるのに必死でした。

もし私に奥の手なるものがなかったら、この男に完敗していたかもしれません。それぐらいこの男は私にとって恐るべき相手でした。私は睨めっこをしながら、次第に本性を現わし始めました。

私のこの端正で、類稀《たぐい》なる美貌が雪崩を起こしたように一遍に氷解し、その中から頓馬で間抜けな豚顔が現われたのです。これ程鮮やかな豹変の仕方があるでしょうか。これ程天国と地獄の格差のある剽軽さがあるでしょうか。

人間の顔はあくまで人間の顔であって、それをどんなに崩し壊しても人間のままですが、私はその人間の顔さえ瓦解してしまうことが出来るのです。男は私の顔が豚の顔に変化して、恵比須様のように微笑したその一瞬を捉えて、思わず笑い出しました。一旦笑い出すと、その笑いに火が点いて、堪え性がなく、男は腹をかかえ笑い転げました。

「お前は何て間の抜けた顔をしているだ。もう勘弁してくれ。俺の負けだ」

男は笑い続けながら言いました。

「やっぱり私の言った通りになったでしょう」

私は男から半ば脅迫して奪い取った豆をかじりながら得意そうに言いました。

「あの顔を貴女にも見せたかったわ」

「よく元に戻ったわねえ」

静香がそう言って冷やかしました。暫く行くと、「大きな牧場」という看板が立っていました。私と静香はその看板の前に立ち止まりました。

「大きな牧場ですって。きっと素敵なところに違いないわ。ここへ行きましょう」

私が言いました。

「牧場はあんまり好きじゃないわ」

静香は気乗りしないようでしたが、この際贅沢は言っていられません。

「でもこれからは遊んでばかりいられないのよ。人間は働かなければ食べていけないのよ」

「人間って不便なものね。人間になるからいけないのよ」

静香が私を批判するように言いました。

「取り敢えず、ここへ行ってみましょう。その先のことはそれから考えたらいいわ」

私は人間になって本当によかったんだろうかと思いました。静香の言う通り、人間になんかなるんじゃなかったと後悔しました。豚のままでいれば何の苦労もなく、気楽に暮らせたのに。しかし私は静香と一緒に殺されていたかもしれません。現に静香はもう少しで殺されるところでした。私に逢わなかったら、静香は間違いなく殺されていました。私はその静香を助けたのです。それだけでも、私は人間になってよかったと思うべきでしょう。

「ここが大きな牧場ですって」

私達は足を棒にして急ぎ足でやって来ました。それなのに私達の辿り着いたところは、大きな牧場とはかけ離れていました。大きな牧場とは名ばかりで、私達が着いたところは、まるで箱庭のようなちっぽけなところでした。

「こんなところじゃ人手もいらないし、私の出る幕はなさそうね」

「大きな牧場だなんて、馬鹿にしているわね」

静香も怒ってぶうぶう言いました。私と静香は予想外の出来事に腹を立て、踵を返して帰ろうとした時です。

「君達、遊びに来たのかい」

と一人の青年に呼び止められました。

「遊びにですって、こんなところへ誰が遊びに来るもんですか」

私は振り向きざま、けんもほろろに毒付きました。がその次に、私は掌を返したように後悔していました。自分の口を自分の手で塞いだほどです。

青年と目と目が合いました。青年の目は青空のように澄んでいました。私は一瞬ぼおっとして見惚れていました。静香が私の脛を蹴飛ばさなかったら、私は暫く、このまま夢心地でいたかもしれません。

「どうしたのよ」

「どうもしないわ」

「嘘おっしゃい。貴女の顔に書いてあるわよ。ちょっとばかりいい男だと、すぐぼおっとするんだから。貴女は豚の時もそうだったけれど、人間になっても少しも変わっていないのね。いい男を見ると、だらしなくなるんだから。私は厭よ。こんなところは真っ平ですからね。早く行きましょう」

静香がこう言ってせかせました。

「お願いだから待って頂戴」

「そら始まった」

「そんなこと言わないで、後生だから。私は貴女の何なの」

「古くからの友達でしょう」

「それだけ」

「それだけよ」

「あら、そんなことがよく言えるわね。私がいなかったら、貴女は今頃どうなっていたかしら」

「分かった。それだけは言わないで」

「そうでしょう。私も言いたくはないの。私が貴女を助けなかったら、貴女は今頃丸焼きになっていたなんて、そんな残酷なことは私の口からはとても言えないし、そんな光景すら想像したくないもの。私は貴女の命の恩人だけれど、そしてそれをいつまでも恩に着せるつもりはないけれど、少しは感謝の念を現わしても罰は当たらないと思うの」

私は恩着せがましく言って、静香をぐうの音も出ない程頭から押さえつけてしまいました。

「それは君の豚かい。それともこの牧場から逃げ出したのかい」

青年が静香をじろじろ、それこそ頭の天辺から尻尾の先まで舐め回すように見ながら言いました。

「私が豚を盗んだと言うの」

私はどうも単細胞なものだから、すぐ激高します。自分でも悪い癖だと知りつつ、気短かなので、ついかっとなってしまうのです。青年は私の剣幕に驚いたのか、愛想笑いをして首を振りました。

「いやそういう訳じゃない。そういえば、あまり見かけないな」

「そりゃそうよ。初対面だもの」

「いや、君じゃない。その豚さ。豚にしちゃ可愛いからね。今までこんな可愛い豚を見たことがない」

又しても静香が褒められました。静香はどこへ行っても、誰にでもこう言われます。静香のどこがそんなに可愛いのか、私はちっとも分からないけれど、そりゃ豚にすればどことなく品があって、目は細いけれど厭味がなく、顔全体に艶があるのは認めます。しかし可愛い可愛いと大騒ぎする程じゃないと私は思うのだけれど、静香はどことなく人を惹きつける雰囲気を持っているのかもしれません。人間に生まれ変わるのは私ではなく、静香の方が適任だったと思います。

「それより、ちょっと尋ねたいことがあるんだけれど、いいかしら」

「いいよ。特別急ぎの用もないし、そんな暇ぐらいあるよ」

「それじゃ訊くけれど、大きな牧場というのはここかしら。向こうの看板を見て来たんだけれど、間違いはないかしら」

私は少し失望して気落ちしたような言い方をしました。

「君の言う通り間違いじゃない。ここは大きな牧場だし、僕はここの人間さ。紹介するのが遅れてしまったけれど、僕はここのたった一人の使用人で、健次って言うんだ」

青年は胸を張り、悪びれずに、終始にこにこしながらそう言って、ふざけたようにお辞儀までしました。

「健次ですって」

青年の名を聞き、思わず私は素頓狂な声を張りあげてしまいました。勿論私ばかりではありません。人間の言葉に精通している静香まで、天と地がひっくり返ったような驚愕のために、馬のようにいななないてしまいました。静香は人間の言葉を解しても、残念ながら、人間の言葉は喋れません。もし静香が人間の言葉を喋れたら、何と言うでしょうか。私と同じように感嘆の言葉を発していたのは間違いありません。

私と静香は、自分たちの思いを確認しあうかのように、顔を見合わせていました。

「これはきっと偶然の一致ね」

私の方から囁くように小声で言いました。

「そうだわ。ただ名前が同じというだけだわ。この人が私達の知っている健次だなんて。もしそうだとしたら、あまりにも出来すぎだわ。でも貴女が人間になれるくらいだから、ひょっとして健次も人間になっているかもね」

静香は冷静に言いました。静香は静香なりにことの成行きを分析し推量したのかもしれません。しかし静香の想像したような奇跡は現実に起こる筈はありませんでした。健次と名乗った青年は、私達が捜し求めている、あの健次ではなかったのです。

もしあの健次だったら私達を忘れる筈はないし、私が静香を見た時に、すぐに分かったように、あの健次だったら、私達を見たらたちまち気が付く筈だからです。

「僕の名前がどうかしたのかい。そんなに驚くような名前かな。僕は自分でもすごく気に入ってるのにな」

青年が呟くように、だが私達にもはっきりと聞こえるように言いました。

「貴方の自尊心を傷付けたのなら謝るわ。もし貴方の自尊心がやわでなかったら、重大な真相をお話しするのだけれどいいかしら」

「僕には何のことだかさっぱり分からないけれど、それほど衝撃《ショック》は受けないと思うよ。君達がここへ来て失望したようには、少なくともがっかりしないと思うよ」

青年がそうはっきりと太鼓判を押してくれたので、私は健次という名前を訊いて驚いた理由を話しました。健次というのは私達の仲間で、人間ではなく豚であるということを言いました。相手が信じようが信じまいが、私はごく真面目な顔で、少しでも私の話が信憑性があるように、真摯な態度を崩しませんでした。

「こりゃ愉快だ。でも人をからかっちゃいけないよ」

青年は私の話を信じない証拠に、こう言った後でさも面白そうに笑いました。

「貴方が笑うのも無理はないわ。貴方が私の話を信じないのもね。だから、私が人間に生まれ変わった豚だと言っても、熱にうかされて妙なことを口走る頭のいかれた女の子ぐらいにしか思ってくれないわね。だから私もこんな話を必死になって弁解したりしないわ。ただ私は健次という名前にちょっと引っかかりがあって尋ねただけだし、健次と名のついた豚を捜していることだけ信じて貰えればいいのよ」

私は仏頂面をして早口に言いました。

「分かった。君が怒ったのなら謝るよ。で、その豚は一体何者なんだい。君の飼っている、その可愛らしい豚の恋人かい」

「ふざけないでよ」

「ふざけてやしないよ。恋人でないなら婚約者かい」

私は答えないでつんと横を向き顔をそむけました。静香の言ったように、こんなところへわざわざ遠回りしてくるんじゃなかったと反省しました。

「ところで、ここで働かせて貰えないかしら」

藪から棒のように私が言いました。

「君がかい」

青年も驚いたけれど、静香の方がもっとびっくりしました。静香は短い足を精一杯のばし私の柔らかな尻をつっついて、

「洋子、何てこと言うの」

と珍しく毒付くように言いました。

「だって働かなけりゃ食べて行けないのよ。前にも言ったでしょう。人間になったら、貴女のように遊んでいては、おまんまの食いあげだわ」

私はもう一度諭すように言いました。

「よりによってこんなところで働かなくても、もっと他に沢山ある筈よ」

「もっと他にって、どこかしら」

私がこう反駁すると、静香も答えられず口ごもってしまいました。私はほら御覧なさいと言う風に、冷ややかな視線を向けました。

「僕はここの使用人だから勝手に決められない。君を雇用するのはここの経営者だからね」

「経営者って」

「親方のことさ。ここの主人のことだよ」

「私達をその人に会わせてくれる」

「それぐらいお安いご用だ。しかしそれから先はいくら頼まれても安請け合いは出来ないな。僕は君を気に入っているけれど、親方が気に入ってくれるかどうか分からないからね」

「貴方も頼んで下さるでしょう」

「勿論そうするよ」

そう言って青年は大股に歩き出しました。青年は背も高く足も長いので、歩幅が広く、私と静香は彼の後を追うのに、二倍も足を動かさなければなりませんでした。

所々に荒れた土を柵や棒で囲っていました。古びた小屋のような建物が、あっちこっち散乱していて、家の前に井戸のようなものが見えました。

「本当にこんなところで働く気なの」

静香が、小声で私に話しかけました。

「そのつもりよ」

「そのつもりはいいけれど、何だか淋しいところじゃない。牧場というと、たいがい馬や牛がいたり、鶏やあひるが走り回っているものよ。なのにここはまるで幽霊屋敷のようにしーんと静まりかえって気味が悪いわ」

「みんな昼寝しているのかもよ」

「そうかしら。それにこんなところで働いてもこき使われるだけじゃない。えらい目にあうだけよ」

青年が急に立ち止まったので、私と静香はひそひそ話を中断しました。私は青年が家の中まで案内してくれると思っていたのに、何の行動も起こさずに、じゃあと手を挙げて行ってしまいそうにしたので、待ってと呼び止めました。

「一緒に行ってくれるんじゃないの」

私は叱責するように言いました。私は多分頬をふくらませて拗ねたようにしていたに違いありません。

「御免、急に用を思い出したんだ。これを片付けておかないと親方に叱られるからね。親方は多分家の中にいると思うよ。本当にここで働きたいんなら、君達が話す方がいい。親方はいい人だから悪いようにはしないと思うよ」

何だか心細い話です。どたん場になって転倒した気分を味わいましたが、ここまで来て引き返す訳にはいきません。静香の手前逃げ出すことも出来ず、私は古い戸をこわしはしないかと思うほどどんどんと叩いて家の中へ入りました。

家の中は昼間だというのに薄暗く、すき間越しに射し込む太陽の光で、ぼんやり見えました。敷居が高く、囲炉裏があって、座敷の中央に天井から吊された鍋の底を温める薪の小さな炎がちょろちょろと見え、囲炉裏の前に男が坐っていました。

「誰かね」

私がこんにちわと緊張した声で、少し震えながら言った後で、おっかぶせるように男の声が響きました。男は熊のように顔中髭で被われて、大きな眼をぎょろりとむきながら、白い歯をこぼしました。

私はただ単純にお辞儀をした後で、叱りながらここへきた経緯《いきさつ》を話しました。青年に会ったことや、ここで働きたいことなどを順序だてて話しました。

「君と一緒にいるのは」

親方が尋ねました。

「私の友達です。名前は静香。私は洋子と言います。静香という名前は洒落ているけれど、豚ですから」

「見れば分かる。君の豚かね」

「私の豚というより、私達は大の仲良しです。これまで、ずっと一緒だったんです」

「まさか人の家からかっ払って来たんじゃないだろうね。もしそうなら面倒なことになるからね」

「私は泥棒じゃありません」

私はむきになって言っていました。

「それじゃ一応君の言うことを信用しておこう。ところで君は何が出来るかな」

「何も」

「ここは女の子の働けるところじゃないからな、力仕事は無理だろう。他へ行った方がいいだろう」

熊のような親方は髭をさすりながら言いました。顔に似合わず、大きくくぼんだ目はやさしそうでした。どうやら青年が言ったことは嘘じゃなかったようです。私も良い人か悪い人か直感で分かるんです。私はもと豚だったから、そんな直感が人間よりも強く左右するらしいんです。それは多分静香も同じことを感じている筈です。

「だから私が言ったでしょう。やっぱり駄目みたい。ここを出た方がいいわ」

静香は又しても私の足を引っ張る様子でした。

「そうね。貴女の言う通りね」

私も静香に賛同しました。ここは素朴な匂いがし、土や草の香りがしたけれど、見当違いでした。ここを出て何処へ行く当てもない私と静香ですが、健次の行方も気になるし、ここを出て健次を捜すことにしようと、私は少し俯きかげんに、さようならと別れの挨拶をすると、熊のような親方が私を呼び止めました。

「今すぐ出て行けと言っている訳じゃない。慌ててここから出て行くこともあるまい。ここが気に入ってくれたらわしも嬉しい。二、三日ゆっくり遊んでいかないか」

それを聞くと、現金なもので私の足はぴくりと動かなくなりました。体だけ反転するように振り返り、

「御厚意に甘えていいかしら」

と言っていました。

「気に入って貰えたらな」

「私は厭よ」

静香は頭のてっぺんから叫ぶような声で言いました。

「どうして」

「だって又狭い囲いの中に放り込まれるんでしょう。もうあんな檻の中の生活はうんざりよ。御免だわ」

「だって仕方ないでしょう。貴女は豚なんですもの。豚が人間と一緒に住めないわ。住む世界が違うもの」

「あら、そんなことがよく言えるわね。貴女と私は長い間の仲間じゃない。私とはなればなれになりたくないと頼んでくれてもいいじゃない」

「私もそうしたいと思っているわ。でも現実は苛酷なものよ。人間は貴女を見て何と思う。豚以外の何者にも見えないわ。だって貴女は豚そのものだもの。私と貴女がかつて同胞だと言っても誰も信じてくれないでしょうね。でも貴女のために必死に頼んでみるわ。私の懇願が通じなくても、それは私のせいじゃないってことを貴女に分かって欲しいの」

私は別の棟の小さな部屋に案内されました。そこへ静香も一緒に連れて行ってもいいかと頼んだけれど、断られてしまいました。

静香はいつまでも未練がましくぶうぶう不平を言い、子供のように駄々をこねていたけれど、無理矢理豚小屋に押し込まれてしまいました。静香が計らずも予期したように、私と静香ははなればなれになり、別々のところで、それぞれの思いに耽りながら夜を明かしたのです。

私は朝早く起き、静香のことが気になったので、すぐ豚小屋に駆けつけました。静香と小声で呼ぶと、寝起きのいい静香は私のところに駆け寄って来ました。

「お早よう。機嫌はどう。よく眠れた」

「貴女のようにいい気分じゃないわ」

あまり眠れなかったのか、それとも昨日のことがまだ尾を引いているのか、静香は不機嫌さを明らさまに見せました。

「散歩にでも行かない。そうすれば少しは気が晴れてよ」

乗り気のしない静香を私は強引に連れ出しました。朝の空気はひんやりと冷たいけれど、すがすがしく新鮮です。

「お仲間が沢山いたでしょう」

私が思わせぶりに言いました。

「思った程でもなかったわ」

静香はすまして答えました。

「貴女のことだから、おもてになったでしょう」

「貴女はすぐそう言う目で見るから厭よ。ここの連中はみんな下品だわ」

「そうかしら。みんな気のいい連中に見えたわ」

「健次に比べたら、田舎者よ」

「健次って、貴女はまだ健次のことを思ってるの。私は、てっきり健次のことをあきらめたと思っていたのに」

私が意外だと言う表情をすると、どうしたのか静香は俯きかげんに顔をそむけて、めそめそ泣き出しました。

「どうしたの。何か気に障ったこと言ったかしら」

「私もよく分からないの。今まで健次のことなんか何とも思っていなかったわ。生意気で意地悪ばかりしていたから、むしろ嫌いだったわ。でも健次がいなくなって、はじめて気が付いたの。私はずっと前から健次のことが好きだったのね」

「そうなの」

「おかしなものね。一緒にいた時は喧嘩ばかりしていたのに、いなくなったら淋しいんだもの。豚小屋に無理矢理放り込まれたでしょう。周りを見たら、知らない顔ばかり。健次がいたらなあって思ったわ。健次は今頃どうしているかしら。もう一度会いたいわ」

「きっと会えるわ」

「駄目」

「どうして」

「もう死んでるかもしれないもの」

「そんなことないわ。不吉なことを言うもんじゃないわ」

「だって健次も連れて行かれたもの」

男達が突然闖入して来て拉致して行った光景を、ありありと眼の前に浮かべるようにして、静香が語ったのでした。それは私が人間に生まれ変わった直後の出来事で、私はその最後たるべき夜の有様を全く知りませんでした。

もし私が人間に生まれ変わるのが少しでも遅れていたら私も大惨事に巻きこまれるところだったし、そうなったらこうして人間として蘇ることが出来なかったかもしれません。

人間にも戦争という悲劇があり、天災という惨事が時々起こります。私も静香も豚だから戦争というものがどんなものか知りません。戦争というものは、血なまぐさくて、とても残酷で悲惨なものだということ位の知識しかありません。しかし、それならば私達豚の仲間に、いつかは訪れる悲劇の屠殺も、それに勝るとも劣らないほど、見るに耐えない光景だと声を大にして言いたいと思います。

「健次ならすぐ会えるわ」

私がこう言うと、静香は驚いたように目を丸くし、目の前に健次が現われたとでも勘違いしたのか、あたりを見回しました。

「もうすぐここへやって来るわ」

「どこに？　又私をかついで楽しむつもりね」

「そら、向こうからやって来たじゃないの」

私がこう言って遠くの方を顎でしゃくるように指し示すと、静香もつられるようにして、少し目を細めながら私と同じ方向に視線を向けました。

「ねえ、向こうから来るでしょう」

「なあんだ。健次は健次でも、健次違いじゃないの」

背の高い青年が私達を見て手を振りながら近付いて来ました。青年は牧場の回りを走って来たのか、体に一杯汗をかいていました。

「君達も一緒に走ってみないか」

しかし私はやんわりと断りました。だって私達は走ることに関してはずっと苦手だったからです。私達の体型、足の長さを考えたら分かることで、これまでに俊敏で、かつ敏速な豚など見たことがありません。その代わり大食らいなら誰にも負けません。

「貴女はあの健次に気があるんじゃないの」

青年が行ってしまってから、静香がそっと耳打ちしました。

「何で、どうしてそんなこと訊くの」

「別に他意はないわ。何となくそんな気がしたの。直感よ。長い間貴女と一緒にいるんですもの、それぐらい分かるわ」

「でも私が好きになっても相手にしてくれないわ」

「そんな弱気でどうするの。貴女らしくないわね」

「だって私は人間じゃないもの。人間の皮を被った豚だもの。好きになったら私がつらくなるだけだわ」

私は、しおらしく、心の苦慮を正直に告白しました。

「愛に国境はないって言うじゃない。それに年の差も関係ないし、愛の力はどんな障害でも乗り越えてしまうものよ。たとえ貴女が豚であったとしても、豚が人間を好きになっちゃいけない法はないし、関係ないことよ」

「でもまだ会ったばかりだし、これから先のことは後で考えるわ」

私と静香は新鮮な朝の空気を吸いながら、つまらないお喋りをして、牧場をゆっくり見学しました。そこへ一匹の豚が猪のように木陰から飛び出して来ました。

「ああびっくりした」

静香は胸を押さえながら言いました。

「ごめんなさい。驚かせるつもりはなかったんです。僕はこの牧場でもう十年もいる頓吉と言います」

頓吉は頻りに頭を振りながら謝りました。

「その頓吉さんが私達に何の御用かしら」

私はちょっと気取ったような言い方をしました。

「用というほどでもないんですが、ぼ、ぼくと散歩してくれませんか」

頓吉は喉をつまらせて吃ったような言い方になったのが自分でも恥ずかしかったのか、顔を真っ赤にしてしまいました。

空は高く晴れて、白い雲が遠くから綿を引いたように筋状になって浮かんでいました。春は陽気で何もしなくても、独りでに心がうきうき弾んで来そうで、私は春という季節が一年中で一番好きです。春という言葉の中に、未来とか希望とかいう輝きや響きを感じるからかもしれません。

「私は厭だわ」

静香は、気が弱いくせに思ったことをずけずけ言う性質で、見ていて時々はらはらすることがあります。

「そんなこと言わないで、散歩してあげたら。折角貴女をお誘いに来てくれたのに悪いじゃない」

私は、多少の諧謔をこめて言いました。無論後の半分は、気分転換になったら心のもやもやも霧散していいだろうと、静香のためを思ったからです。

「だって頓吉じゃ、あんまり間が抜けていて、まともに顔を見られないわ。見てると噴き出してしまいそう」

「笑いたければ笑えばいいじゃない」

「そんなこと失礼だわ」

「デートのお誘いを断る方が、よっぽど失礼じゃないの」

「そうかしら」

「貴女も健次のことなんか早く忘れて、身近でいい豚を見つけなさい。青い鳥は案外身近にいるものよ」

私は他人事《ひと》だと思って、少し無責任に言いました。しかし豚は豚同士、ここへ来て静香に早速言い寄る豚が現われて、私はちょっと羨ましく思ったからかもしれません。私は豚だった時でも、誰も相手にしてくれなかったし、そんな私が人間になって、果たして何を期待していたのでしょう。素敵な恋人なのか、それとも幸福なのか、それが私にもよく分からないのです。

「ぐずぐずしてないでさ、その辺を肩を寄せて歩いてくればいいじゃないの。厭ならさっさと帰ってくれば」

「貴女はどうするの。一緒に来る」

「そんな野暮なことはしないわ。本当を言うとね、この際だからはっきり言うと、貴女に金魚の糞みたいにひっつき回られて迷惑しているの。貴女が一日中私の傍を離れないから、私にいい男が近付いて来ないんじゃない。貴女がいなければ、私の傍にもわんさか男が集まっているわよ」

「そう、貴女ってそういう人だったの。分かったわ。貴女は私がもてるからきっと僻んでいるのね。いいわ、貴女が言ったことが本当かどうか証してみない。すぐに貴女の言ったことが嘘だって分かるから。それじゃ私はボーイフレンドと楽しんでくるわ。その間、貴女は一人で指をくわえて見ているがいいわ」

私はとうとう静香を怒らせてしまいました。しかし、そのお蔭で静香は頓吉と一緒にデートを楽しむことになったのだから、それはそれでいいとしなければなりません。

その間私は静香の言ったように、指をくわえて彼等の楽しむのを見ている手はありません。向こうが向こうなら、こっちもこっちだと、私は健次の後を追いかけることにしました。

健次はすぐに見つかりました。健次は親方と一緒でした。私はこの時はじめて親方の子供と会ったのです。五歳の男の子で、人形のように愛らしい顔をしていました。

「何をしているの」

私が尋ねると、親方は指差しました。丸い囲いの中に一頭の馬がいて、動かずじっとしていました。

「大人しそうに見えるだろう。しかしあれでなかなか気が荒いんだ。あの馬には手を焼いている。誰も乗りこなせるものがなくて弱っているんだ」

親方が腕を組んで言うので、

「健次さんも」

と私は訊きました。

「この間この馬に乗って振り落とされた。もう少しで骨を折るところだった」

「えらい馬を買って来たもんだ。こんな馬を持っていても商売にゃならない。処分した方がいいかもしれないな」

私は親方の言葉を聞いて、胸が抉られるような思いがしました。二〇〇ボルトの電流を直接手で触れたような衝撃でした。

「私が乗ってもいい」

私は思わずこう言ってしまいました。親方は怒るかと思ったら、笑い出しました。

「健次が駄目なもんを、君じゃとても無理だ。女の子の手に負えるような奴じゃない。骨が折れるぐらいで済めばいいが、君なら間違いなくふり落とされて、即死だよ」

親方は真顔で言いました。

「私乗ってみたいな」

私は、しつこく繰り返しました。

「今までに馬に乗ったことは」

「ないわ」

「それじゃやっぱり駄目だ。わしの見ている前でそんな危険な真似はさせられない」

親方と口論していても埒が明きそうにありませんでした。私は親方や健次の制止を振り切るようにして、勝手に柵の中に飛び込みました。

「おい、やめるんだ。こっちへ来るんだ。健次何をぼんやりしてるんだ。中へ入って連れ戻さないか」

「だって親方、もう間に合わない」

そう言う親方だって、おろおろしながら柵の外で見ているだけでした。私は親方の騒ぎをよそに、大胆に、しかし慎重に、一歩一歩忍び足で馬に近づいて行きました。

私は馬に話しかけながら、傍に寄りました。

「いい子だから大人しくしていてね。暴れちゃ駄目よ」

私は馬に話しかけながら、傍に寄りました。馬は鞍もつけず、すらりと伸びた四本の足を踏ん張るようにして立っていました。私は馬に近づき、馬の背中や腹を撫ぜました。馬は何も反応も見せず、大人しくしていました。

「今から私が貴方の背中に乗るからね。私を振り落とさないで頂戴ね。それにしても背が高いのね。うまく乗れるかしら」

私は一応礼儀だと思い、馬に挨拶してからいよいよ馬の背に跨がりました。しかし馬の背に乗るまでが大変でした。足をかけるところが何もないので、尻尾をつかんだり、手綱にしがみついたりして、やっと馬の背に跨がったのです。

その時馬は私を無視していました。馬は大人しく、大変な暴力馬だと言った言葉が嘘のように思えてなりません。この分じゃ大丈夫。うまく乗りこなせると思った途端です。私が首尾よく馬上の人となり、親方と健次の方に得意のポーズをとり手を振った時です。それまで大人しかった馬が、突如、豹変し、鼻息も荒く嘶きながら、体を反り身にして前足を蹴りあげました。

私はあっという間に、いとも簡単に、地面に振り落とされてしまいました。親方と健次のあっと言う声が、私の耳にも聞こえました。

「大丈夫か」

「危ないから、もう止めるんだ。これ以上やると、本当に命を落とすことになるぞ」

親方と健次は柵に身を乗り出すようにして、こう叫んでいました。

馬は私を背中から突き落とすと、しめた、というような表情をしました。さも、ざまあ見ろという顔付きです。私には馬の言いたいこと、馬の考えていることが、よく分かりました。

私は腕や足、落馬して打ったところをさすりながら起きて来て、もう一度馬の背に跨がりました。さっきはつい油断していました。相手の出方が分かれば、こっちにも覚悟が出来て、その気になれます。思った通り、私が馬の背に跨がると、馬はもう一度私を振り落とすために後ろ足で踏ん張って、前足を高く蹴りあげました。馬の体は弓なりになったので、私は馬の背から滑り落ちそうになりました。しかし今度はその瞬間に、手綱をしっかりつかんで離しませんでした。

馬は私がまだ背中に乗っているので、縦横無尽に暴れ出しました。まるで気が狂わんばかりに、体を回転させたり、地団駄を踏むように上下に動かしました。

「貴方は何がそんなに気に入らないの」

私は馬の背にしがみついたまま、馬の耳に向かって大声で言いました。

「貴方は多分欲求不満ね。だとしたら気がすむまで暴れなさい。私が落ちるまで暴れるがいいわ。私だって死んでも手綱を離さないから」

私がこう言うと、馬の鼻がぴくぴく動きました。

「君は一体誰なんだ」

馬が言いました。

「貴方に名乗るほどの者じゃないわ。私はただの女の子よ」

「女の子か。生意気な。俺は人間の、しかも女の子さえ振り落とせないのか。これはちょっとした事件だし、ショックだな」

「でも安心なさい。貴方が盲目じゃなかったら、私の正体がすぐ分かる筈よ」

「そうか、君は人間じゃないのか。人間の形をしているけれど。そう言えば、君を乗せた時に懐かしい匂いを感じたんだ。人間とは違った懐かしい匂いをね」

「貴方の言う通りよ。私は今は人間だけれど、本当は……。そんなことはどっちだっていいわ」

私が喋っている間、馬は大人しくなって暴れたりしませんでした。私と馬はすぐ仲良しになったからです。

「貴方の暴れたい気持ちはよく分かるわ。人間を誰も寄せ付けたくない気持ちもね」

「何が分かるもんか。僕の苦しみ胸の裡は誰だって分かりゃしないさ」

馬は自嘲的にこう言って白い歯をむき出しました。

「自分だけが不幸を背負っているという考えはよくないわ」

「僕なんかどうなってもいいんだ。僕はこう見えても昔は花形だったんだ。僕より誰も早く走れなかった。レースで競走しても、僕はいつも一番だった。僕は騒がれたもんだ。その僕がもう走れなくなった」

「どうして」

「転倒して骨折したからさ。それからの僕は山の頂上から転げるようにして地位を失ってしまった。僕はただの馬に格下げさ。誰よりも早く風を切って走っていた僕が、ただの駄馬や愚馬になってしまった。僕の値打ちもなくなってしまったのだ。暴れなけりゃ気がすまないだろう」

背に乗っている私にも馬の慟哭が伝わって来るようでした。

「もう走らないの」

私は馬の上から、馬の耳に顔を近づけながら訊きました。

「怖いんだ。走ると骨折しないかと思ってね」

「意気地がないのね」

「馬鹿にしてるな。僕を馬鹿にしてると今に思い知らせてやる。君を背中からふり落とすぐらい訳ないからね」

「簡単ならやって御覧なさい」

私は馬を挑発しました。本当は怖い癖に、馬を勇気づけるために、空元気を発揮したのです。馬は自尊心を傷つけられたのか、大変な怒りを露にして、又地鳴りのように体を動かし旋回を始めたが、私も負けずに、必死でしがみついていました。

「負けた。君には負けたよ」

馬の方が白旗を挙げました。もう少し続けていたら、私の方が根をあげ降参していたところです。馬の方が先に降参したので私は助かりました。

「ひねくれてもつまらないわ。横道へそれて自分を傷つけることは簡単よ。真っすぐ自分の意志を貫いて走り続けることの方が本当は難しいんだわ。自棄《やけ》になって暴れても、自分が損をするし、周りの者だって迷惑するわ。いつまでも過去にこだわっていたってつまらないことよ」

「君の言う通りだな」

「何だか偉そうなことを言ったみたいね。お説教するような身分じゃないのに御免なさい。ただ自暴自棄になっている貴方を可哀想だと思ったから、老婆心で言ってみただけなの。気に障ったら謝るわ」

「謝る必要はない。君のお蔭で道を踏み誤らずに済みそうだ。本当はもうこんなことを止めようと思っていたんだ。誰かが忠告してくれるのを待っていたのかもしれない。暴れ回っても気が晴れないし、それどころか益々どろ沼に落ちて行くようで苦しかったんだ。君に出会わなかったら、僕は自分で自分の首を締めるように、この苦しみから抜けることが出来なかったかもしれない」

「気が晴れたら、牧場を思いきり一周してみない」

私は馬の腹を軽く蹴りながら言いました。

「少し走ってみようか。君に僕の自慢の足を見せたいからね、その代わり落ちても知らないよ」

「大丈夫よ」

「それなら一つ足慣らしのつもりで走ってみよう。しっかりつかまってるんだよ」

そう言うと、馬は天高く嘶いて駆け出しました。

「どこへ行くの」

馬は親方と健次のいる柵の方に向かって突進しました。このまま突き進んだら柵に激突です。その拍子に私は馬から投げ出され怪我をするかもしれないので、思わず悲鳴をあげてしまいました。親方も健次も、私を乗せた馬がまっすぐ駆けて来るので、驚いて後ろへ逃げました。

馬は柵の手前に来ると、速度を増して、体を軽く傾けながらジャンプしました。馬の体が宙に浮き、柵を飛び越えました。

「やったね」

馬が着地したと同時に、私は後ろを振り返りながら言いました。親方と健次が茫然として私達を見ていました。親方も健次もまるで信じられない様子で、夢でも見ているような顔でした。私は親方に手を振りました。

「こんなことぐらい朝飯前だ」

馬は駆けながら得意そうに言いました。

「あんまり調子に乗らないで。骨折したら大変よ」

私が陽気に言いました。馬が速度を増す度に、風景がどんどんと後ろに飛びはねて行きました。

「あっ、静香と頓吉だわ」

前方を静香と頓吉が尻を向けて並びながら歩いていました。私は大声で静香と呼びました。静香が気がついて振り向いた時、私は風のようにもう彼等を追い越していました。

三

親方は私が暴れ馬を手なずけたので大変な喜びようでした。親方は現金なもので、私が仕事をさせてくれと頭を下げて頼んだ時にはいい顔をしなかった癖に、暴れ馬を大人しくするや否や、私に対する態度を軟化させました。今度は親方が、私にここで働いてくれるよう頼む番でした。

私は意地悪にどうしようかしらと難色を示しました。そんなことを言わないでと、親方は私に説得するように、何度も熱心に頭を下げて頼みました。

「だって私の仕事はここにはないのでしょう。力仕事も駄目だし」

私がこう言うと、親方は私の口を塞ぐように、最後の言葉を言い終えないうちに、

「君には馬の調教をやって貰う。才能がある。あんな暴れ馬を手なずけたんだから、いや人は見かけによらぬというか、君は動物と仲良しになる特殊な才能があるようだ」

と感心したように言いました。親方の言うことを静香が聞いたら、きっと噴き出してい

たでしょう。もし私が静香と同じ豚だと親方が知ったら、いとも簡単に種を明かすことが出来たかもしれませんが、それは言わぬが花です。

私は親方の足元につけこむ気持ちはありません。が静香が私に会う度に不満を洩らしているので、この機を利用して頼むことにしました。

静香は豚の癖に豚小屋が嫌いで、私と一緒の部屋に住みたいと口をすっぱくして言っていました。私はもう耳にタコが出来るくらい何度も同じことを聞かされて、うんざりしていたところです。

「貴女には頓吉がいるじゃない。頓吉といる方が楽しいんでしょう」

私はこう言って取りあわないでいました。

「何よあんな奴。あんな不潔な豚なんか大嫌い」

「よく言うわ。そんな嫌いな豚と、毎日毎日お出かけしているじゃない」

「だって仕様がないもの」

「そうかしら。私には満更でもなさそうに見えるわ」

「そんな意地悪しないで。私も貴女の部屋に入れてよ。もう一度一緒に住みましょう」

「そんなこと出来ないわ。見つかったら追い出されるわよ」

「だったら出て行ったらいいじゃないの」

「私じゃなくて、貴女がつまみ出されるのよ」

「ああ薄情ね。貴女には友情ってものが一かけらもないのね。見損なったわ。どうして私をかばってくれないの。私をどうして貴女の部屋にかくまってくれないの。押入れだってどこだって分かりゃしないのに」

「そんな無茶を言うもんじゃないわ」

「私は淋しいのよ。そりゃ貴女はいいわ。暖かく明るいお部屋に住めて。私はどう、見ず知らずの豚と一緒に放り込まれて、毎日餌の奪い合いよ。それも残飯ばかりのね。私は豚小屋でいつも思うの。貴女はきっと、おいしい御飯を腹一杯食べているだろうなって。そしたらくやしくてくやしくて、腹が立って夜も碌々眠れないのよ」

「豚の不眠症なんて聞いたことがないわ。それに、私と一緒の蒲団に寝るなんて、そんなとこ親方に見られたらどうなると思うの」

私と静香は顔を合わせれば喧嘩ばかりしていました。このまま放って置くと、静香の欲求不満がいつ爆発するか、それが心配ですが私にはどうすることも出来ません。静香のことですから、癇癪を起こして柵を乗り越え、頓吉と手に手を取って駆け落ちしてしまうかもしれません。

そんなことになる前に先に手を打っておかなくてはと、私は親方の機嫌のいい時を見計らって、静香のことを持ち出してみました。魚心あれば水心です。

「親方さん。実はお頼みしたいことがあるんです」

「給料のことかね。前借りは勘弁して貰いたいな」

親方は早とちりして間の抜けた受け答えをしました。

「静香のことです」

「静香、静香って誰のことだったかな」

「豚です。私と一緒に豚がいたでしょう」

「そう言えばそうだったな。その豚がどうした。病気にでもなったか。餌はちゃんとやっているんだがな」

「私の部屋へ連れて行っていいかしら」

「豚をかね。どうして」

親方は首をひねりながら言いました。

「これには深い理由があるんです。とても一口では言えません。お願いします。静香を私の部屋に置いてもいいでしょう」

「君がそう言うんなら構やしないが、君も妙な娘だね。普通の女の子は豚だと言うと厭な顔をするもんだがな。君がそう言うんなら、別に害になる訳じゃなし、まあいいだろう。君にはここで働いて貰いたいしな。それくらい大目に見ても構わんか。しかし掃除だけは頼むよ。部屋中豚の糞尿だらけにされたらかなわないからな。君だって臭くてたまらんだろう」

親方はそう言うと歯をむき出して笑いました。私が吉報を持って早速静香のところへ行くと、静香は案の定大喜びでした。

「これでも友達甲斐がないって言うの。薄情者って罵ったのはどこの誰だったかしら」

私は厭味と皮肉をからしのようにたっぷりかけて言いましたが、天国にいるような気分の静香には、さっぱり効果がありませんでした。私が何を言っても、静香は雲の上に乗っているようなふわふわした気分で、このことをもうみんなに触れ回っていました。

静香とは反対にしょんぼりして、まるで地獄に突き落とされたようなのが頓吉でした。頓吉は見るも憐れになるぐらい悄然として、情けなさそうな顔をして、私を恨めしそうに見ました。そんな頓吉が気の毒で仕方ありません。こちら立てればあちらが立たずです。かといって、私の部屋に頓吉も一緒に連れて来る訳には行きません。そんなことをすれば、他の豚も一緒に連いて来るに違いありません。それでは私の部屋が豚小屋になるのと同じです。

「貴女も観念したら」

私が静香に言いました。

「どういうこと」

「貴女はどう思っているか知らないけれど、頓吉はどうやら貴女を好きみたい。この際だから一緒になったら」

「厭よ」

静香は即座に突っぱねました。

「嫌いなの」

「好きとか嫌いとかそういうことじゃないわ。考えたことないもの」

「それじゃこれからゆっくりと真剣に考えたらどう。頓吉とここで一緒になって暮らしたら。貴女だってそろそろ落ち着かなけりゃ」

「貴女にそんなこと言われるとは思わなかったわ。他人事だと思って、無責任なこと言うわね。私が邪魔なら邪魔だってはっきりおっしゃい。貴女は私が居候になったのが気に食わないのでしょう。人間になったからって、そんなに威張らないで貰いたいわ。貴女だってこの間までは私と同じ恰好をした豚だったのよ。私と同じ囲いの中で、ぶーぶー鳴いていたのよ」

静香が、唾を飛ばすような勢いでまくし立てました。私の言ったことが余っ程気に入らなかったのでしょう。

「貴女がそんなに厭なら、何も無理にすすめたりはしないわ。私はただ結婚というものが、人間であれ豚であれ大事だと思ったから言ったのよ。貴女だってきっと憧れている筈だわ。赤ちゃんを産み、子供を育てる。それが夢じゃなかったの」

「そりゃそうだけれど、それはまだまだ先でいいの。私は私で星の王子様を見つけるんだから。健次のような素敵な星の王子様をね」

静香が酔ったように言うので、私はそれ以上何も言いませんでした。静香の言うように、一日も早く静香の目の前に、星の王子様が現われるのを願うだけです。無論私の前にもです。

私は毎朝五時に起き、牛の乳しぼりや小屋の掃除、草の刈入れと作業がたくさんあって、猫の手も借りたいぐらい仕事に忙殺されています。それなのに、静香はぐうぐう陽が高く昇るまで寝ているといった体たらくです。

私は頭にきて、時々寝ている静香の頭を踏んづけてやります。寝坊の静香はそれでも起きない時があります。私がわざと、何度も何度も踏みつけると、静香もようやく起き出すといった始末です。

寝起きの悪い静香は起こされると不機嫌で、朝の挨拶もしません。いつまでも寝呆け眼《まなこ》をこすっているので、顔を洗うように言うのですが、豚にはそんな習慣がありません。歯を磨きなさいと言ってもきょとんとしているだけですから、私はバケツに汲んである水を、静香の頭にぶっかけます。

お風呂に入って綺麗に体を洗うように言っても静香には無理な注文です。全部私が引き受けなければなりません。私がこんなに面倒を見ているのに、静香は少しも感謝せずに、それが当り前だという風に、ぶうぶう不満をこぼすのですからやりきれません。

豚は豚の世界にだけ没頭していればいいのに、豚というのは好奇心が旺盛です。私もそうだったのですから、静香を頭ごなしに兎や角言えないのです。私はお化粧というものを知らなかったし興味も持っていませんでした。しかし親方の奥さんに教えて貰って、私もだんだんとそういうものに興味を持つようになりました。人間の女の子なら自然と大人になっていくうちに覚えるのだそうですが、私は豚の悲しさで、人間になったとはいえ、まだまだ習慣や規則を知らないので戸惑うばかりです。

親方の奥さんは美しくてやさしい女性《ひと》で、私に口紅を一本くれました。私は口紅が一体どういうもので、何のために使うのか知りませんでした。奥さんの様子を見て、見よう見真似で覚えたのです。

「それで一体何をするの」

静香が首を傾けながら訊きました。論より証拠です。私は赤い口紅を塗って静香に見せました。私は美しくなった私の顔を誇ってみたかったのです

「これを塗ると可愛いでしょう」

「そんなものは不吉だわ。まるで血の色ね」

静香が水を差したように言いました。静香のことですから素直に褒めないと思っていたので、案の定でした。

「貴女も塗ってあげましょうか」

私は急に悪戯《いたずら》したくなって、静香が厭がれば厭がるほど、静香の分厚い唇に塗ってみた

くなりました。唇ばかりではありません。両方に押しひろげられたような鼻にも塗ったら、顔全体花が咲いたようで、きっと華やかで明るくなるような気がしました。

「私にちんどん屋のような真似をさせる気ね。真っ平御免よ。私はそんなものを塗らなくても充分綺麗よ。そんなものを塗る人の気が知れないわ。人間って時々不可解なことをするのね」

でも静香は好奇心には勝てませんでした。人間も豚も美しさを追い求める気持ちに変わりはありません。美しくなりたい、綺麗に見られたいというのは、動物の本能です。誰だって美しくなりたいという欲望を持っています。静香だって、豚の中の豚、どの豚よりも明眸皓歯でありたい願望を抱いている筈です。

何だかんだ言いながら、静香は鏡の中をそっと覗き込みました。鏡に映る自分の姿を見るのは、静香にとって生まれて初めての経験だったかもしれません。

「貴女ももっとおしゃれしなくっちゃ。自分の素材を生かして工夫すれば、まだまだ美しくなれる筈よ」

「貴女は口がお上手ね。貴女には負けたわ。貴女がそう言うんなら、ちょっと塗ってみようかしら。あんまり濃くしないでね。最初だから、ほんのちょっぴり、薄めにね」

「御安いご用だわ。それじゃお嬢さん、私にお任せ下さい。塗る前に瞼を閉じてもらおうかしら」

「目を瞑るの。その間に何かする魂胆ね」

「何もしないわ。目を閉じている間に私が魔法をかけて、貴女をこの世でまたとない美しい豚に変身させるのよ。目を開くと貴女はきっとびっくりして、目まいを起こすでしょう」

「本当かしら」

「お嬢さん、私の言葉を夢々疑うなかれ」

私はちょっと悪ふざけが過ぎたかもしれませんが、ほんの少し楽しむつもりでした。静香は言われた通り、細い目を縫い合わせるようにしてつむりました。その間に私は素早く赤い口紅を、静香の唇と鼻にはみ出さないように塗ってしまいました。勢いあまって、静香のふくれた頬にも塗ってしまいました。

まん丸い静香の大きな鼻を赤く塗ってしまうと、まるで日の丸のようになってしまいました。目を開けた静香が、これじゃかんかんになって怒りだすかもしれないと思っていると、静香は満足したようににっこり微笑みました。色の白い静香と、色鮮やかな紅が、雨に濡れた新緑のようにあざやかに映えたからです。

「私の顔を見たら頓吉は何て言うかしら」

こう言いながら静香はそのまま飛び出して行きました。その素早さといったら、私が止める暇などありませんでした。静香の顔を見た頓吉が噴き出すか、それとも何とも言いようのない顔をするか、私には想像もつきません。頓吉のことですから、大袈裟に感動を表に現わすかもしれません。

その静香が、そのままの顔を少し引きつるようにして帰って来ました。

「ねえ、洋子ちょっと来て。大変よ」

静香が私の顔を見るなり泣きながら訴えるように言いました。私は何事が起こったのか、静香の異様な態度からただならぬ気配を感じました。

「どうしたの。何があったの」

「頓吉が、頓吉が」

「頓吉がどうしたの」

「死んでる」

「死んでる？　まさか、貴女の顔を見て死んだんじゃないでしょうね」

私もこういう時に何てことを口走ってしまったのか、そんなことさえ気がつかないほど周章狼狽していました。静香の口から死という予期せぬ言葉を聞いたからです。

「兎に角、ちょっと来てよ。血まみれになって、横たわっているの。呼んでもぴくともしないの」

静香は私を現場に連れて行きながら興奮したように喋り続けていました。頓吉のいる豚小屋は牧場のはずれにありました。私の部屋を出て北の方に真っすぐ、牧場の細い道を通って行かなければなりません。

私も静香も走るのは苦手です。私も豚だった時は、重たい身体と短い足のせいでとても走れませんでした。運動不足の解消のために少し駆け出してみるのですが、ほんの数メートルも走ると、ぜいぜいと息が荒くなり走れませんでした。

心はせいても体が動かないので、足をひきずるようにして静香と現場へ急行しました。静香の言う通り、頓吉が豚小屋の前でうつ伏せになって倒れていました。

「まあひどいわね」

頓吉の体は真っ赤な血で染まっていました。誰がこんなむごいことをしたのか、私は一瞬、目をそむけました。

「ここにひとりでいることが出来る」

私がこう言うと、臆病な静香は命乞いでもするように、

「お願いだから、私をひとりにしないで」

と言いました。

「親方に報せなくっちゃ。お医者も呼ばなければね」

私は怖がっている静香を置いて、親方のところへ報せに行きました。

親方にありのままを報告すると、親方が血相を変えて飛び出したので、私も慌てて親方の後を追ったけれど、追いつくことが出来ません。私が後からぜいぜい息を切らせながら行くと、親方は血まみれになった頓吉を抱き起こしていました。

「医者を呼ばないといけないわ」

私も少し興奮していたらしく、甲高い声を張りあげていました。

「その必要はない。もう手遅れだ」

傍でしおれていた静香がその言葉を聞くなり、せきを切ったようにおいおい泣き出しました。

「こんなひどいことをするなんて許せない」

静香が私の胸にとびこんで、すすりあげながら言いました。

「折角いい友達が出来たのに。貴女の気持ちは痛いほど分かるわ」

「私はどうしてこう不幸かしら。健次だって離ればなれになるし、今度こそうまく行くと期待していたのに、こんな目に会うなんて、神も仏もないのね」

泣きたいだけ、涙が涸れるまで一晩中泣いていればいいと私は思いました。それで気が晴れるなら、それでいいと思いました。

「これはきっとあいつの仕業に違いない」

親方が唇をかみしめて、思い出したように言いました。

「あいつって」

「狼だ。又悪さを始めたな。あいつだったら気をつけなければならない。今度は君達の番かもしれないからな」

親方が静香の方を見ながら言いました。親方の真剣なまなざしを見ていると冗談とも思えないので、私も静香も思わず身震いしてしまいました。もしそうだとすると、悲しんでばかりもいられないからです。第二、第三の犠牲者が出るかもしれません。

「狼だなんて、だから言ったのよ。こんなところは厭だって言ったのに。今からでも遅くはないわ。ここを出ていきましょう」

静香がおろおろ気の弱いことを言い出しました。

「今からじゃもう遅いわ。狼がこの辺をうろうろしているのよ。下手に動いたら、かえって危ないわよ」

「その通りだ。狼を始末するまで動かない方がいい」

親方も私と同じ考えでした。

「なーに、わしがすぐ始末してやる。こいつの仇は必ずとってやる。そうしないとこいつも浮かばれまい。それよりこの豚は何て変な顔をしてるんだ。まるでおたふくじゃないか」

親方は静香の顔を見て笑い出してしまいました。私も静香に化粧したことをすっかり忘れていました。静香の顔は化粧が剥げてくしゃくしゃになっていました。親方に言われて、私も静香の顔に思わず噴き出してしまいました。

親方の推量した通り、それから第二、第三の犠牲者が相次いで出ました。豚が二匹とそれから放し飼いにしている鶏が数羽、狼の餌食になりました。このまま放置していれば甚大な被害を被るばかりです。一日も早く食い止めなければ大変なことになります。豚が一匹もいなくなれば、飢えた狼は人間を襲って来るだろうと、親方が予言しました。その予言が現実になれば、いやもう現実になりつつありました。静香は私と一緒に寝起きしているから、幸い被害にあわずに済みましたが、鉾先を変え、血に飢えた狼が人間に的をしぼれば、私は傷を負い、静香などひとたまりもないでしょう。枕を高くして眠れません。

そこで私と静香、それに親方一家と健次が頭を寄せ合い知恵を搾りました。それまでは健次と親方が交代で見張りに立って、寝ずの番をしていました。しかし相手は獣です。動物の勘を働かせ、裏の裏をかいて、親方と健次の捕縛の縄をかいくぐってしまいます。夜が明けると、必ず牧場のどこかに被害を蒙っているという有様です。

豚小屋の見張りをしていると鶏が、鶏の番をしていると豚が殺られているので、豚小屋と鶏を、親方と健次がそれぞれ番をしていると、今度は数少ない牛が殺られているという按配です。さすがに暴れ馬だけは手を焼くのか、私が調教した馬だけは被害にあわず、元気よくいないないています。

「親方、これじゃちょっとやそっとじゃつかまりませんよ」

健次が弱音を吐きました。自分達より向こうの方が、一枚も二枚も上だとつけ加えました。狼は人間の匂いを嗅ぐことが出来るけれど、こっちは狼の臭いを嗅ぐどころか気配すら分かりません。獣は夜目遠目が効くが、こっちは月の明かりがなければ一寸先は闇です。これじゃ鉄砲を持っていたって、こっちに勝ち目はありません。

「罠をしかけるか」

親方が思案に余って言いました。

「それは名案かもしれない」

全員親方に賛同したので、親方は翌日から強気で実行しました。狼の通りそうなところに餌をぶら下げ、その周りに穴を掘りました。しかしその罠に狼はかからず、まんまとはまったのは、穴を掘ったのを忘れてしまった私達でした。最初にその穴に落ちたのは、食い意地の張った静香でした。その時私は静香を軽く叱責しました。

自分のこしらえた穴に落ちた静香を私は馬鹿呼ばわりしました。その私でさえ、次の日には腰まで落ちてべそをかきました。その時静香が私のことを罵倒したのは言うまでもありません。

それから私達は又、からっぽの頭を寄せ集めて思案に明け暮れました。一日遅れれば、一日被害が大きくなるのです。もはや一刻の猶予もなりません。

「誰かいい考えはないか。頼むから何かいい方法を考えてくれ。どんな意見でも構わない。非常の際だ。思いついたら言ってくれ」

親方が一同を見渡しながら声を嗄らしました。私はその声に応えるべく、すぐさまこう発言しました。

「囮を使ったらどうかしら」

「囮か」

「少し危険かもしれませんが、親方の言う通り、今は非常時でしょう。少々の犠牲を払うのは仕方がないかもしれません」

私は力説しました。

「囮はたしかに危険だ。やってみる価値はある。が問題が一つだけある」

親方が腕を組みながら言いました。

「問題ですか」

健次が尋ねました。

「猫の首に誰が鈴をつけるのかというのと同じで、囮作戦を用いる時、その囮に誰がなるかということだ」

親方がこう言うと、全員申し合わせたように、視線を静香に集中させました。

「まさか、みんな変なこと考えているんじゃないんでしょうね」

静香は慌てて首を振りながら否定しました。

「貴女しか適任はいないわ」

　私が声を低くし、どすを利かすようにして言いました。

「貴女まで何を言いだすの。これだけははっきり言っときますけれどね。私は囮なんて真っ平御免ですからね。何よみんな、私が豚だと思って馬鹿にして」

　静香は例によって怒った時にする、不愉快な感情を頬に集めて思いきりふくらませました。これ以上怒らせると血圧があがり、血管がぷつんと切れてしまうかもしれません。

「誰も貴女を馬鹿になんかしていないわ。それは貴女の思い過ごしよ。馬鹿にするどころか、貴女を頼母しく思っているのよ」

「うまいこと言って。口先で騙そうと思ってもそうはいきませんからね」

　静香は口を突き出すようにしました。依怙地な静香がよくやる仕草です。どうやら静香を本当に怒らせてしまったかもしれません。無論静香が怒るのも無理ない話です。

「貴女の言うことが本当は正しいわ。誰だって厭だし怖いもの。私だって怒って断るわ。しかし私がやりたくてもやれないの。そうでしょう。私達が囮になっても、狼は警戒して寄って来ないでしょう。寄って来なければ囮になる意味なんかないわ。豚である貴女しか出来ないの。だから頭を下げて頼んでいるんじゃないの」

「私しかいないって、それはおかしいわ。貴女がいるじゃない。貴女だって今はそんな恰好をしているけれど、昔は私と同じ豚だったじゃないの。何よ、体裁ぶらないで。みんなのためだったら昔の姿に戻って囮になったらいいじゃないの。私だったらそうするわ」

「昔の姿に戻れたらそうするわ。でも戻れないもの。どうしたら戻れるか分からないもの。ああ、私が昔の豚に戻れたら、貴女なんかに頭を下げずに、私がなったのに。そしたらこんな言い争いなんかしなくて済んだのに」

私と静香が突然口論を始めたので、親方も健次もぽかんと呆れたように見ていました。二人には静香が何を言っているのか皆目分からないからです。私の言うことは分かっても、静香が何を喋っているか、多分二人の耳には感情のたかぶった豚が、ぶうぶう鼻を鳴らしているだけにしか映らなかったでしょう。

それから静香を説得するのに、私がどれだけ尽力したか……。しかし、静香と私はきってもきれない赤い糸で結ばれています。礼を尽くし誠意をもって話しあえば、静香だってそれほど分からず屋じゃありません。私達の命、ひいては静香自身も、その身が危ないことをとっくり語り合うと、静香もようやく納得してくれました。

今こそ力を合わせて、憎っくき狼を一網打尽にすべきです。それに頓吉の仇討ちです。もし貴女が頓吉のことが忘れられず、かりにも好きな感情を持っていたら、頓吉のためにも立ちあがって戦うべきだと、私は静香に言ったのです。

「それを言われると弱いわ。私の負けね。引き受けたわ。その代わり私を守ってくれるわね。狼に食われるなんてことがないようにしてよ。死ぬのは怖くはないけれど、いいえ死ぬのは怖いけれど、同じ死ぬのでも美しく死にたいの。狼に食われて死ぬのは厭だわ。それだけはお願いよ」

静香が胸に手を合わせるようにして頼むので、

「大丈夫。貴女を死なせたりはしないわ。貴女が死んだら、私も死ぬわ」

と私は言いました。静香の気の変わらないうちに、囮作戦を敢行しなければなりません。親方と健次は静香を入れる檻を造りました。寄せ集めの木で、それはすぐに出来ました。

「こんな小さな檻に入れるの。まるで囚人ね」

年貢を納めていた筈なのに、静香はぐずぐず言って渋りました。そんな静香を、親方と健次が無理矢理押し込めました。

明るい月が暗雲を払うかのように輝き始めました。天が私達に味方してくれているのです。心強い限りです。もしこの月が雲に隠されたら私達はお手あげです。狼どころか、静香がどこにいるかさえ見当がつかなくなります。

牧場の真ん中の、狼が通りやすいところ、そして遠くからでも監視出来る場所に、静香を入れた檻を置くことにしました。親方と健次は人間の臭いで狼に警戒されたらいけないので、出来るだけ離れた木の陰で待機することにしました。親方も健次も手に鉄砲を持ち、狼が来るのを今や遅しとやや興奮気味でした。

私はというと、狼が来ればいつでも飛び出していける近い距離にいました。静香ひとりでは心細いので、そうすることにしたのです。

「ねえ洋子、どこにいるの」

静香が小声で言いました。

「ここにいるわ」

私も静香が安心するために小声で、だが聞こえるように言いました。

「ここにいるって、どこにいるの。暗くて見えないわ」

「何をきょろきょろしているの。じっとしていなさい」

「こんな時にじっとなんかしていられないわ。本当にいるんでしょうね。いるんだったら姿を見せてくれてもいいんじゃない」

「貴女のすぐ後にいるから安心しなさい。私がうろうろ姿を見せたら、狼が出て来ないじゃないの。私だってこんなところにいつまでも隠れてなんかいたくないのよ」

私はもう少しで咳が出そうになりました。それをさっきからじっと我慢していたので苦しくてたまりませんでした。

「本当に狼はやって来るかしら」

「さあ、それは分からないわ」

「分からないって、頼りないのね。もし出て来なかったら、私は何のためにこんな窮屈な檻に入っているの。馬鹿みたいじゃない」

「私に文句を言っても仕方ないでしょう。文句を言うんだったら、狼に言えばいいじゃないの」

「言いたいけれど、その狼がなかなか出て来ないじゃないの」

「狼の方が怖くて出て来ないんじゃないの」

「よくそんなことが言えるわね。さんざん私のことをおだてておいて。見て御覧。狼に食われて死んでも恥ずかしくないように、精一杯おめかしして来たのよ」

「ひょっとして貴女、私の化粧品を黙って使ったの」

「使っちゃいけなかったかしら」

「当たり前じゃないの。大事にしまっておいたのに、よくも黙って使ってくれたわね」

「いいじゃない。貴女は見かけによらずケチなのね。私がこんな危険な目にあっているのに、目の色を変えてきゃきゃ言わないでよ」

「よく言うわ。似合いもしないのに。無駄になるだけよ。化粧をして鏡を見たの。貴女の顔なんか反吐が出そうになるわ」

「貴女はとうとう言ってはいけないことを言ったわ。こんな侮辱を受けたのは生まれて初めてよ。もう我慢出来ない。やめた。ここから早く出して」

そう言うなり、静香は小さな檻の中で暴れ出しました。

「何をするの。気でも狂ったの。言い過ぎたのなら謝るわ。貴女がいくら力持ちでも、そんなところで暴れたってそこから出られないのよ」

私達がこうしている間に、身の危険が迫っていました。私と静香も、そのことに全く気が付いていませんでした。静香も私も冷静に注意深くあたりの気配を窺っていたら、狼の姿を見るまでもなく、狼のひたひたと近付いて来る足音ぐらい耳にしたかもしれません。

いくら狼が忍びの名人でも、夜の静寂を破らずに獲物に近寄ることは至難の業だったに違いありません。

狼は、静香の目と鼻の先まで近寄ってきていました。月の光の輪の中に黒い影が浮かんで見えました。それが狼と分かるのに数秒もかかりませんでした。月の光を反射した狼の眼が異様に輝いていました。

「狼だ」

私も静香も声を殺して同時に叫びました。空気を裂くような緊張感が走りました。私も静香も多分凍りついたように体を硬直させたのです。動かそうとしても金縛りにあったように動きませんでした。

ひたひたと、狼は周りの気配を窺いながら、静香の檻の方へ一歩一歩前進して来ました。静香はさながら蛇に睨まれた蛙のようでした。海の底で鮫に狙われたような戦慄が私の脳裏に宿りました。

私は夢中でした。無意識のうちに、もし例えることが出来るなら、それは本能的だったかもしれません。母親が我が子を庇う時、どんな敵に対しても身を捨てるように、私も思いがけず檻の前に飛び出していました。

「とうとう姿を現したわね。貴方の来るのをずっと待っていたのよ」

私は静香の前に立ちふさがって、震える声を搾り出すようにして言いました。もしこの時狼が飛びかかって来たら、私はその毒牙に食い殺されていたかも分かりません。

「罠をしかけたな。なんて汚い真似をするんだ」

狼が私を見ながら言いました。隙あらばいつでも襲ってやろうという気概が、ありありと見受けられます。油断は禁物です。

「罠ですって。それはとんだ言いがかりよ。貴方が弱い者いじめをするから当然じゃないの。それを因果応報っていうのよ。貴方が私の大事な友達を次から次へ毒牙にかけなければ、私達もこんなことはしなかったわ。こういう非常手段をとらせたのはすべて貴方の責任じゃないの。ちょっと罪を認めて償いをすべきだわ」

「何を偉そうな口をきく。この世の中は強い者が勝ち、弱い者は征服されるのが宿命ってもんじゃないのか。頭のいい奴が勝ち残り、要領の悪い奴は、所詮うだつがあがらないのさ、この豚」

「それは間違いよ。考え違いもいいとこだわ。考え直すのは今のうちよ」

「考え直すだって。どうして考え直さなければならない。俺は腹が減ってどうにも我慢がならないんだ。今日の糧は自分で探さなければならない。それが自然の掟ってやつでね。遊んでたり怠けていたりしたら、こっちの方がすぐに干上がってしまうんだ。それにこう見えても妻子持ちでね。妻と子を養わなけりゃならない。おっと、妻は一年前に死んでしまったがね。餓死したんだ。俺が食い物を持って帰るのが遅れたばっかりに死なせてしまった。妻は柔らかな豚の肉が大好物だった。せめて生きている間に、好物の肉をたらふく食べさせてやりたかった」

狼は鼻をすすりながら長い身の上話を語り始めました。私はお人好しだから、私達が今どんな境涯に陥っているのかも考えず、耳を傾けしんみりしてしまったのです。狼の話も身につまされる話に違いありません。だからと言って、私や静香が生贄になる理由にはなりません。

「それは貴方の都合で、こっちにはこっちの都合があるのよ。貴方の都合にあわせていたらたまらないわ。私達にも生きる権利があるのよ。私達の命を粗末にさせることは出来ないわ」

私は思ったことを主張しました。狼が今までの罪を反省し、このまま何もせずに帰ったら見逃してやるつもりでした。私はこのぐらいの寛大な心を持っていました。その私の温篤な心を裏切って、狼は牙をむいて来ました。

「俺はお前と議論している暇はないんだ。そんなことよりも、俺にはやらなければならないことがある。それは檻の中に入っている、ころころよく肥えた豚を土産に持って帰ることだ。俺達一家の楽しい晩餐会にその豚は欠かせない御馳走なんだ。それを邪魔する奴は、たとえ誰だろうと許さない。容赦しないんだ。小娘分かったか」

「分かるもんですか」

「人間の肉は食ったことはないが、その豚よりは不味いだろう。食いたくはないが、俺の邪魔をするなら仕方がない。まずお前を食って、その豚を頂くまでだ」

「やめなさい。やめないと後悔することになるわよ」

私は叱責するように強い口調で言い放ちました。その声に挑発されたのか、狼は四肢を大地にすりつけるように、身体を低くしました。大きな弓を力任せにひきしぼって、今にも矢を射るように構えました。狼が後足を蹴って、今まさに私に跳びかかろうとした時です。

一発の銃声が、夜の乾いた空間を貫くように轟きました。それは暗雲を破って炸裂する雷のような轟音となって、辺り一面に響きわたりました。弾丸が私の顔を掠めて通ったような気がしたからです。

銃声の余韻が闇夜の冷たい空気の中に吸い取られるように消えてしまうと、狼がゆっくりと、その場に倒れました。あたかも影絵のような動きでした。

「命中したな」

その声は親方でした。健次もその後から飛び出して来ました。

「これでひと安心ね」

私は静香と抱擁したい気分でしたが、静香は檻の中にいるので、抱きたくても抱けません。しかし、お互いの心は檻を越えて、一つになっているのが分かります。

「助かったのね。狼の餌食になる子羊、いいえ子豚にならなくて済んだのね」

静香は神に感謝するように胸の前で十字を切りました。それは少しも大袈裟ではありません。私と静香、それから牧場主の親方や健次、多くの動物達を悩ませ、恐怖のどん底に突き落とした狼事件は、こうしてめでたい落着をみましたが、思わぬ結果を招くことになってしまいました。

それは誰も予測することが出来ませんでした。狼を退治したことを、まるで鬼の首でもとったように有頂天になっていた私達は、一夜明けると顔を青ざめるような新たな衝動に打ちのめされたからです。

夜が明けても私と静香は快い眠りにまだ酔いしれたようになって、なかなか目覚めることが出来ませんでした。恐怖を通り越し、それを打ち砕いた私達はとろけるような眠りの中でうつらうつらとしていました。

しかし、いつまでもその眠りの中にいることは出来ません。陽は東から昇り西に沈むように、私も静香も眠りから覚めなければなりません。私はしゃぼん玉がはじけるように目を覚ましましたが、静香はまだ鼻提灯をふくらませていました。寝顔は無邪気なものです。こんな可愛い寝顔を見たことがありません。天使の寝顔と形容したらいいのでしょうか。私は静香を起こして、散歩に誘いました。

私も静香も悪魔を追いはらい、今日一日を思いきりのんびり、そして陽気に過ごしたいと思っていました。

「私はずっと寝ていたかったのに……」

静香がはれぼったい顔をして言いました

「これ以上寝たら牛になるわよ。ぶくぶく太ってみっともなくてよ」

私はわざとおどけた調子で言いました。

「貴女のことを見損なったわ」

「どうして」

「だって貴女は血も涙もないもの。よく平気で私を檻の中に押し込むことが出来たわね。私だったら、あんなことどても出来やしなかったわ。助かったからいいようなものの、万が一死んだり傷ついたりしたらどう責任をとるつもりだったの」

「もう済んだことは言いっこなしよ。すべてが無事に解決したんだから」

「貴女はそれでいいかもしれないけれど、心に受けた傷は一生忘れないわ」

「貴女って、意外に執念深いのね。もっとあっさりしていると思ってたのに」

私と静香が例によって減らず口を叩きあっていました。とそこへ黒い小さな影が横切りました。臆病な静香はきゃっと悲鳴をあげて飛びあがったので、

「何を驚いているの。子犬じゃない」

と私が咎めるように言いました。

「子犬。私は鼠かと思ったわ」

「豚のくせに、小さな動物を見て、いちいち驚かないで」

私はそう言いながら口笛を吹いて小犬を呼び寄せました。小犬は尻尾を振りながら人なつっこく私の傍に寄って来ました。

「あら、犬じゃないわ」

「そう」

「見て御覧なさい」

「何かしら」

そこで私と静香は顔を見合わせました。静香があっと言ったのと、私が声をあげたのは同時でした。

「ひょっとして狼の子供じゃないの」

私が言いました。

「どうする。ねえどうするの」

静香は、うろたえたような声を出しました。私は目の前に狼の子供が出現したのを咄嗟のうちに了解しました。考えるまでもありません。私の頭にはすぐ閃き、やがて鈍い静香も分かったようでした。

「そんなにびくびくしなくても子供じゃないの。何もしやしないわ。それより私達は大変なことをしてしまったわ」

「でも仕方がないでしょう」

「あの狼はきっとこの子供の父親だったのね。親が帰って来ないから、ここまで探しに来たんだわ。親の匂いがまだ残っているのよ。可哀想に……。それを頼りに、親を慕って、ここまで来たのね」

そう思うと、さすがに私にも胸に熱いものがこみあげて来ました。

「それよりもこの狼をどうするの。このまま黙って見逃すの。もし見逃せば、やがて成長して、災いを及ぼしかねないわ。危険な芽は早めに刈り取らなければ、二の舞いを踏むことになるわ」

静香が冷静に分析するように言いました。静香の言う通りです。災いは早目につむことです。そうしないと大惨事を招くことになるでしょう。この狼が成長すれば、必ず家畜を襲うとは限りませんが、その可能性はあります。仏心を出して見逃せば、何年か先に災いを被るのは火を見るよりも明らかかもしれません。

「貴女はさっき私を見るよりも明らかかもしれません。」

「貴女はさっき私を見損なったとおっしゃいましたわね」

「ええ、言ったわ」

「私が血も涙もないとおっしゃいましたわね」

「ええ、たしかにそう言ったわ」

「ひとのことが言えた義理なの？　貴女こそ血も涙もないじゃない」

「それはどう言うこと。私にも判るようにはっきりおっしゃって下さいな」

「貴女はこの狼を殺してしまえというのね」

「まあ、私が、殺せだなんて。そんな怖ろしいこと言ったかしら」

「今言ったじゃない。とぼけたって駄目よ。この狼が大きくなったら同じようなことをするかもしれない。だから、そう言ったじゃない」

私は詰問するような口調で、まくし立てました。さすがの静香も私の勢いに口ごもってしまいました。

「言ったわ。先のことは分からないけれど、狼の子供はどこまでいってもやっぱり狼でしょう。同じことをすると思うわ。そしていつも被害にあうのは、弱い私達じゃない」

私も頓吉や大勢の仲間が殺されたのを決して忘れたわけじゃありません。復讐心に燃えたからこそ、狼を退治するのに立ちあがったのです。そして苦労の末、ものの見事に狼を討ち取ることが出来たのです。目には目を、歯には歯を、毒には毒をもって制するやり方が正しいのかどうか私には分かりません。降りかかる火の粉は払っていくしかないのです。誰だって自分の身がいちばん大切なのですから。

「貴女は悲観論者ね」

「そうかも知れないわ。貴女は天真爛漫で楽観主義ですからね。もし私が貴女のように底抜けの明るさを持っていたら、貴女じゃなくて、私にお鉢が回ってきて、幸運をつかめたかもしれないわね」

「貴女はまだ私が人間になれたことを、半分はやっかみで見ているのね。貴女の言うように狼の子は大きくなってもやっぱり狼よ。しかしそれは狼に育てられたからじゃない。もし狼とは別の誰かに育てられ教育されたら、狼の子は狼の子でなくなるかもしれないじゃないの」

「何だかややこしい話しね。貴女が豚のくせに人間の姿をしているのと同じね。貴女はそう言いたいんでしょう。貴女がそう言うんならそうかもしれないけれど、私はやっぱり御免だわ。賛成することは出来ないわ」

静香は囮になって狼の目の前に晒された恐怖が骨の髄までしみ込んでいたのかもしれません。子供に何の罪はないといっても、すぐに大きくなります。成長して牙をむかないとは誰も保証出来ないのです。飼い馴らしても、ある日突然、野生の血が騒ぎ出し、狼の本性をむき出しにして襲って来るかもしれません。

「でも殺すことは出来ないわ。私にはとてもそんな残酷なことは出来ないわ」

「貴女は可愛いお嬢さんですものね。もうこの子の親を殺したのを忘れているんじゃない」

静香が皮肉たっぷりな言い方をしました。

「このまま山に帰すことも出来ないわ」

私は慎み深く慈愛に満ちた視線を狼の子供に注ぎながら言いました。

「貴女はいつから狼の親になったの。貴女は人間になったのではなく、ひょっとして狼女になったんじゃないの。満月を見たら急に豹変して吠えるんじゃないの」

静香は、狼と余程相性が合わないのか、狼のことになると我を忘れたように理性を失いました。もっとも天敵というものがあって、蛇と蛙がそうであるように、狼と豚が仲良しなどというのは聞いたことがありません。

「静香もよく見て御覧なさい。この狼の目を。罪もない綺麗な目をしているじゃない。私達が面倒を見て育てれば、正直でまっすぐな素直な狼に育つわ。少なくとも豚を見れば襲いかかる、そんな野蛮な狼には決してならないわ。又そうならないように私達が責任を持って見守り育てましょう」

私は静香に語りかけました。それでも静香は不機嫌な表情を、そのまん丸い顔にたたえ、

細い目をさらに細くして冷笑しました。鼻の先でふんとあしらうようにしながら、

「貴女がそうしたいと言うならそうしたら。止めたりはしないわ。その代わり、すべての責任を貴女が被るのよ。私は知らないからね」

と言いました。私は嬉しくて、静香に有難うと礼を言い、ぶよぶよした顔に頬をすり寄せて、感謝の気持ちを伝えました。

しかし、親方が何と言うか心配でした。案の定、親方に見つかりました。親方は頭から湯気でも出さんばかりに怒って、捨てて来るようにと命令しました。捨てて来ないなら今すぐ撃ち殺してやると、それはすさまじい荒れ様で、手がつけられないような状態なのを、親方の奥さんと子供とで、ようやくなだめました。

狼の子供は、畜生ながら人間の子供と相性が合うのか、親方の一人息子の勉君とすぐ仲良しになりました。この歓迎されざる珍客は、しばらくの間、この牧場の新参者として加わることになりました。何はともあれ、めでたい話で、静香のうかない顔とは対照的に、私はほっと胸を撫ぜおろしました。狼の子も牧場の生活や環境に慣れたのか、生き生きと周

囲を駆け回っています。

四

「いいこと教えてあげましょうか」

私は黙っていられず静香に言いました。こんな気分のいいことを私一人の胸の中にしまっておくのがもったいないと思ったからです。人間になって私は何に期待していたのか。どんなことをしたかったのか、それは私自身にもよく分からない部分があります。人間だって、人間に生まれてくることを前もって知らされていたわけではないでしょう。

生まれてきてみると、人間だったということにすぎず、犬や猫、あるいは静香のように豚だったのかもわからないのです。それが生命の神秘というものです。どのような種族の子として生を受けるか、誰にも分かりません。

たとえ動物に生まれてきても、不平を述べることも出来ず、不平を述べてみたところでどうにもなりません。私のように豚から人間に変身出来たというのは、稀にみる幸運で、まさに奇跡です。

「いいことよりも、私に何か食べるものを作ってくれるとありがたいんだけど」

静香の健啖ぶりには呆れ返るばかりです。この食うしか能のない豚どもは、ぶくぶく太り揚句の果てにその類稀れな肉を食糧として提供する運命にあるのに、その運命に逆らう意志もなく、ひたすらその苛酷ともいうべき運命に向かって、一直線に走って行くのです。

「私は貴女の召使いじゃなくてよ。これじゃどっちが主でどっちが従だかわかりゃしない。貴女に朝から晩までこき使われたんじゃ、たまらないわ」

「そう嘆きなさんな。貴女が見栄を張ってそんなつまらない人間の皮を被るからこうなるんじゃないの。身から出た錆よ」

静香も負けてはいません。私がああ言えばこう言ってつっかかって来ます。だから私も負けずに、つい口を滑らせてしまいました。

「そんな暇なんかなくてよ。貴女に構ってなんか、いられないわ。何か食べたいんなら自分で勝手にこしらえて食べることね。私はこれからデートなのよ」

「何ですって」

静香が素頓狂な声を張りあげました。おまけに皿のように細い目を三角に釣りあげました。

「私は人間になって期待していたものはきっとこれだったのね。胸がじんと熱くなり、体の芯からじわじわとした感情がせりあがって来るのが分かるの。これが恋っていうものね」

「恋。笑わせないで」

「笑っていないじゃない。いいえこれだけは誰にも笑って欲しくないの。私は大真面目なんだから」

「相手は誰なの。まさかあのじゃじゃ馬じゃないでしょうね」

「見損なわないで貰いたいわ。貴女じゃあるまいし、誰が馬となんかデートするもんですか」

「それじゃ誰なの」

「貴女もよく知ってる人よ。当てて御覧なさい」

「もったいぶらないで教えてよ」

「勘が鈍いのね。貴女だから仕様がないけれど、身近で私にデートを誘う人と言えば、健次さんの他にいないでしょう」

「なんだ、あの野郎か。あの野郎はよした方がいい」

静香が冷たく言いました。

「あらどうして。背が高くて恰好いいじゃない」

「人間をそんな外観だけで判断するようじゃ、貴女もまだまだ修業が足りないわね。甘ちゃんだから仕方がないけれど、危なかしくって見ちゃいられない。私が一緒に連いて行かなくっちゃ、貴女ひとりじゃ心配だわね」

静香が、私のデートに同行したいそぶりなので、私は慌てて通せんぼしました。

「よして頂戴。買い物に行くのとわけが違うのよ。デートに行くのに、豚を一緒に連れて行くなんて、相手に嫌われるだけだわ」

「そんなことないわ」

静香も負けずに主張しました。

「これだけは駄目よ。いくら貴女でもゆずれないわ」

私も断固として言いました。

「貴女は何も知らないのね。いいわそうやって私をのけ者にしたり、邪魔者扱いにしたらいいのだわ。貴女はとても信じられないというかもしれないけれど、今に私達が犬や猫に代わって、ペットとして人間に愛玩される時代がやって来るのよ。首輪を嵌めて鎖につながれて、人間と一緒に散歩する優雅な生活を楽しめる時代がもうすぐやって来るのよ」

「それは結構なことじゃない。しかし私のデートの邪魔はしないでね。貴女はお家で留守番。分かったわね。絶対について来ちゃ駄目よ」

私がぴしゃりと静香に口を封じるように強い口調で言うと、さすがの静香もしゅんとなってしまいました。可哀想だけれど、一緒に連れて行くわけには行きません。豚と一緒のデートなんて、舞台の芝居にもならないし、笑いの種にされるだけです。ひやかされ、相手にされないのがおちです。

私があれだけ釘を刺しておいたのに、この好奇心の旺盛な愛すべき雌豚は、私の後をこっそりついてきていたのです。

豚を連れたデートだから、惨憺たる結果をまねいたことは言わずもがなです。この一匹の豚の闖入が思いもかけぬ騒動を巻き起こしたことも推して知るべしですが、思いがけないと言えば、全く予期せぬ出来事が私の身に起こりました。

これまで私は人を好きになったり、人から好かれた経験がありません。しかしそれは気持ちの悪いものではなく、ほのぼのとした温りが身内のどこからとも湧きあがり、気持ちのよいものだと思っていました。私はつつましいけれど、かけがえのない幸福感に包まれて、いそいそと外出にとりかかりました。

顔のメイクや着るものなど、念入りに点検しました。私は裸同然の身の上なので、盛装するといっても普段着に少し毛のはえたようなものしか持ちあわせがありません。裾の広がっているドレスなどなく、洗って少し綺麗になった一張羅のズボンしか穿いていけません。長く伸ばした髪を三つあみにして、その先に女の子らしくリボンを結ぶしかお洒落出来ません。

私が意気揚々として支度を整えると、静香が私の恰好を見て、ちくりと蜂が刺すように、皮肉という肉の上からたっぷりとからしを塗りつぶすように、

「何て変な恰好をしているの」

とからかうような調子で言いました。静香は私を褒めたためしがありません。必ず口汚く罵らなければ気がすまないのです。

「何か変かしら」

「貴女は何を着ても似合わないわね。センスがないんだわ。貴女が似合うのは作業服しかないわね」

「だって私は急に人間になったんだもの。着ているものだって、そんなに持っていないし、これしかないんだから仕方がないわ」

たしかにセンスのない私は、こう言って済ますしかありません。静香にあなどられ、にやにや笑われても黙って我慢するしかありません。これでも豚よりはいくらかましだものと、私は逃げるようにして出かけました。私の後を静香がついて来ているなど、全く知らずにです。

考えてみれば、静香が私の後をつけることなど、朝飯前だったのです。どんなに遠く離れていても、静香は、臭覚がとても発達しているのです。どんなに暴れ回り飛び跳ねても、お釈迦様の掌から逃げ出せなかった孫悟空のように、私も静香の鼻の先から姿を隠すことが出来ませんでした。

私は健次の車で街まで遠出しました。車といっても乗用車ではなく、草や動物達を運搬している軽トラックです。けれども、牧場で働いている私達には、ふさわしい車でした。私は一度も車に乗ったことがありません。車ばかりではなく、豚だった私には人間の社会が、習慣や生活様式が物珍らしく新鮮に映りました。田舎の人が都会に出て、見るもの聞くものに驚嘆したり感動したりして、あたりをきょろきょろ見回すように、私もすべてのものに驚きの色をみせました。

デートの時だって、私が車に乗ったことがないと言うと、健次は驚いたり馬鹿にしたりしましたが、心根のやさしい健次は、私が一度乗せて欲しいと頼むと、今度の休日にドライブに行こうと誘ってくれたのでした。

「街まで行ってみよう。君だってたまには気晴らしがしたいだろう。僕だって毎日こんなところで働いていてうんざりする。息がつまりそうになるから、休みになると街へ出て楽しむことにしているんだ。君が行きたいんなら、一緒に連れて行ってやるよ」

健次は目を輝かせながら言いました。それから休みになるまでが大変でした。夢見がちな私としては、その日が来るまでの日々が待ち遠しく、ついあれやこれやと想像してしまうのです。映画を見たり、手をつないで歩いたり、食事をしたりして、きっと楽しい一日が過ごせるに違いありません。私が想像していた通り、憧れの健次と楽しい一時を過ごすことが出来るのです。これも人間になれたからこそ味わうことの出来る喜びかもしれません。

それなのに思い出すだけでもぞっとするような、あんなことになってしまうなんて、夢にも思っていませんでした。それもこれも、あの疫病神の静香のせいだとは言えませんが、静香だってその要因の一翼を担っていたと思います。

私と健次が行くとこ、向かうところに、あの静香が出没しました。私は静香の姿を見るたびに目を疑いました。

私は、まさかと思いました。こんなところに静香がいる筈はないと思ったとたんに、あの静香ならここにいても不思議はないと思い始めるのです。静香は私の背後に霊のように取り憑いて離れません。

「静香、貴女ね。貴女は聞き訳のない子ね。あんなに来ちゃいけないと念を押したのに、どうして来たの」

私は自問自答を繰り返していました。

「だって貴女ひとり楽しむなんて許せない。私だって息抜きがしたいし、気晴らしがしたいもの」

静香は知能犯で健次には決して気付かれないように、私達の様子を窺って、健次が私の傍を離れると、神出鬼没のようにして私の目の前に現われるのです。その恰好が又大胆で奇抜でした。

静香はそのまん丸い顔に黒いメガネをかけ、自分が豚でないという変装をしているのですが、体型でどうしてもごまかすことが出来ません。どこから見ても豚なのに、静香は人間だと思い込み、どこから探してきたのかセーターまで、ちゃっかり着ていました。

「私立探偵のつもりなの。妙な恰好をして私のまわりをうろつかないで」

詰問するように私が言いました。私は健次にせがんで遊園地に連れて来てもらっていました。健次は私の子供っぽい夢を一笑に付していました。遊園地というアイディアにとまどっている様子でした。健次は現実的でもっとロマンチックな場所に私を誘うつもりだったようですが、私が無理に頼んだのです。

「貴女はデートの仕方も知らないの」

生意気に静香が言いました。

「私は一度こういうところに来てみたかったの」

「これじゃ折角のデートが台なしね。もっと雰囲気のある場所を選びなさいよ。これじゃデートというより、まるで子供の遠足じゃないの」

「貴女がいるから雰囲気がこわれるのよ。ぶつぶつ言うんならついて来なくってもいいじゃないの。貴女なんか動物園が似合ってよ」

私は静香の顔を見るとついつい憎まれ口を叩きたくなるし、静香は静香で私に対していつも挑戦的でへらず口をききます。それでいて少しも傷つかないのですから、考えてみれば不思議な関係です。

「ちょっと洋子、お願いがあるんだけれど」

静香が気味の悪いくらい甘ったるい声を出しました。こういう時は警戒しなければなりません。注意するにこしたことはありません。

「お願いって何よ。私の方が貴女にお願いしたいぐらいだわ」

私は不愉快で、さっきから腹の虫がおさまりませんでした。一日ぐらい何もかもに解放されたいと思っていた矢先に、いつも顔を突きあわせている静香が現われたのです。うんざりするのも当たり前です。

「あのね、これからディスコに行こうよ」

「ディスコに行ってどうするの」

「ディスコに行って踊るのよ。ディスコに行って何をするつもり。ディスコに行って泳ぐ馬鹿はいないでしょう」

「それぐらい分かってるわ。貴女が問題なのよ。ディスコに行かないで、これから真っすぐ家に帰ったら。踊りたければ牧場の真中で、月を見ながらひとりで浮かれてりゃいいじゃないの。その方が似合ってよ」

私は少し溜飲が下がりました。

「そんなこと言わないで、私の一生のお願いだから。貴女のいい男に貴女から頼んでみてよ。あいつはお人好しそうで、鼻の下を伸ばしているから、貴女の言うことだったら何だって聞くと思うよ。ディスコが駄目ならカラオケでもいいんだけど」

「馬鹿言わないで。これからどこも行かずに牧場に帰るのよ。夜遅くなったら親方さんや奥さんが心配するもの」

「今日はいい子ぶっているのね。貴女は品行方正なお嬢さんですからね。これじゃ面白おかしくもないじゃないの」

「貴女がつまらなくても、私は充分楽しいもの。それでいいじゃない」

「じゃこれだけは私の願いを叶えてくれない。本当に一生のお願いだから。もう変なことは言わないから。帰りに何か食べさせてくれない。何にも食べてないのでお腹がぺこぺこなの。死んじゃいそう」

静香が情けなさそうな声で言いました。

「食事か。悪くはないわね。私もお腹が減っているし、何か食べることにしましょう」

「ああこれでやっと食事にありつける」

「あら、貴女を連れて行くって言ったかしら」

「そんな意地悪は言わないで。このかよわき子羊をどうか路頭に迷わせないで」

静香がお祈りをするように真剣になって言うので、私は思わず笑ってしまいました。

「フランス料理じゃなくてもいいの。ラーメンでいいから本当に食べさせてよ」

「もし貴女がいなかったら、ホテルで豪華な食事が出来たのに。貴女のお蔭でふいになりそうだわ」

私と静香は言いたいことを言っているけれど、それもこれもみんな健次にまかせるより仕方ありません。静香は遊園地なんておとなの来るところじゃないと言ってたくせに、充分楽しんでいました。ジェットコースターに乗りたいと言ってきかないし、子供のように駄々をこねるので、私は人ごみにまぎれて静香と一緒に乗ることにしました。むろん私も生まれて初めての経験です。後ろの席でいいと控えめに言っているのに、出しゃばりの静香は強引に割り込んで一番前の席にどっかりと大きな尻で座ってしまい、その挙げ句に目を回し口から泡を吹く始末です。

「お腹がすいただろう。何か食べたいものがあれば連れて行くよ。僕は少し酒が飲みたいが、いいかな」

健次がこう言うので反対も出来ず、健次にまかせることにしました。

「貴女、お酒飲んだことある」

いやらしい目つきをして静香が尋ねました。私が首を振り、貴女は、と静香に詰問すると、静香はにやりと頬にえくぼをこしらえて笑い、得意そうに「あるわよ」と答え、私を軽蔑したような笑いを浮かべました。

「私はあんまり好きじゃないから行きたくないんだけれど」

「じゃそう言えば」

「だってそんなこと言ったら気分を害するでしょう」

「だったら貴女はこのまま帰りなさいよ。頭が痛いとか、お腹が痛いとか言ってさ」

「仮病をつかうの」

「行きたくないんでしょう。無理に行ったたってつまんないだけよ。後は私がうまくやったげるから」

「貴女はいつの間に私達の中に割り込んで来たの。貴女が出て来るから話がややこしくなるのよ。貴女さえいなかったら楽しい一日になったのに」

とっさに、私は言いました。静香の言い草ではないけれど、何だか頭が痛くなって来たような気がしました。

健次は私を知っている店に連れて行きました。店は繁盛していて、人でいっぱいでした。街の雑踏というよりは、まるで戦場のように騒々しくて、逃げてしまいたいほどでした。

「なかなかいい店だろう。こういう店の方が気楽でいいだろう」

健次の言っている声が聞こえないくらいでした。若者が大勢集まっていて、飲んだり歌ったり踊ったりしていました。私はこういう店が苦手で、もっとしっとりと落ち着いたところでゆっくりしたかったのに、静香は水を得た魚のように目をぎらぎらと輝かせていました。

「貴女はまだ帰らないの」

「貴女はなんだかつまらなそうね」

「貴女は何だかやけに陽気ね」

「そりゃ楽しいもの。今夜は最高の夜になりそうだわ」

静香がこう言うので、

「貴女は変わった豚ね」

と思わず口走ってしまいました。

「貴女だって変わった人間よ」

静香が言いました。

「そうかもしれない。私は人間になりたかっただけで人間じゃないもの。こうして浮かれたり馬鹿騒ぎしている人間を見ると、何だか動物を見ているような気がしてふさいでしまうの。これも性分かしら。それとも病気かしら」

「さあ、それはどうかよく分からないけれど、豚の精はどうやら選択するのを間違えたみたい。貴女は人間になっても人間らしい楽しみ方を少しもしないみたい。私を人間にすれば、もっと人間らしい楽しみを味わえたのに」

静香のためにこの店を仮装舞踏会にすべきだったかもしれません。そうすればここに集まっている人間はもっと野獣と化し、その中にうまくすれば静香もまぎれ込むことが出来たかもしれません。

「貴女がはしゃぐのは構わないけれど、正体を見破られないようにしなければ、ひどい目にあうわよ」

私は静香のために忠告をしました。静香に私の忠告が、いかなる効果を果たし、良薬になったかどうか見当がつきません。私がこう言ったのにもかかわらず、静香はもう音楽にあわせて腰を振っていたからです。

健次が私達のために飲み物を注文しに席を立ちました。その間私は静香を私の席近くに忍び込ますのに成功しました。人間社会ではこういう場所へ動物は一斉入れないようになっています。犬や猫でさえ立入禁止なのに、まして静香のようにうす汚ない豚など入れてもらえる筈がありません。

「何があったのかしら」

私は独言のように言って席を立っていました。見ると健次の周りには、黒山の人盛りが出来てざわめいていました。

「喧嘩みたいね。こりゃ面白くなって来たわ」

静香はこう言いながら野次馬根性丸出しでもうその輪の中に飛び込んで行きました。向こう見ずとは静香のようなもののことを言うのでしょう。自分が豚だということをすっかり忘れているのですから呆れ返るばかりです。自分の立場を顧みもしないのですから困ってしまいます。

誰かが静香を見て豚だと叫んだら、もうおしまいです。袋叩きにあうかもしれないのです。そうなれば半死半生で逃げ出さなければなりません。うまく逃げ出せればよし、下手をすれば殺されるかもしれないのです。

私は静香の後を追いました。追って静香の首根っこを捕まえて、引き戻さなければなりません。

健次は性格のよくない連中に捕まってからかわれていました。田舎者と口汚なく罵られ、恥辱を受けていました。酒場ではこういう痴話喧嘩はよくあることで、みすみす健次もその渦の中に巻き込まれたのです。

「おい兄ちゃん。ここはお前達の来るところじゃないぜ」

頬のこけた人相のよくない男が、おどすように言いました。見るからに険悪で蛇のようにしつこそうな男です。健次は騒ぎを大きくしないように、難なくやり過ごそうとしましたが、相手はダニのような男です。そのダニが仲間を合わせると四匹もいました。これでは牧場で鍛えている健次も、多勢に無勢で形勢が不利というものです。ここは我慢するしかありません。どんなに悪態をつかれても、じっと忍耐するのが賢明なようです。

「健次さん、もう帰りましょう」

私は見るに見かねて仲裁に入りました。このことが、火に油を注ぐ結果になってしまいました。私が彼等を余計に刺激してしまったのです。彼等は私に口では言い表せないような卑猥な言葉の数々を、思いつくまま浴びせました。短気な私は、もう頭に血がのぼりそうでした。そして彼等が健次に向かって、この豚野郎と言った時です。

私の怒りは頂点に達し、ぷっつんと頭の血管が切れてしまいそうでした。いやそれより先に、私の顔に思いがけない変化が起きました。彼等が豚と言った途端に、私の鼻が私の正体を露呈するかのように、だんだんと押し広げられ、ひしゃげられたように変化しました。こんなまぎらわしい言い方をしなくても、私の鼻は昔私がつけていた豚の鼻になっていたのです。

私は驚きました。私は目を丸くしながら、思わず私の鼻を手で被いました。しかし私は彼等の視線をかわすことが出来なかったのです。彼等も私がまるで狼男のように変身した姿に目を見張りました。がその次にはもう、毒のある侮辱を含んだ野卑な笑いを私に浴びせていました。そして私に向かって嵐のように、豚、豚と連呼したのです。

私は耳をふさぎながら、

「お願いだから、豚と言うのをやめて頂戴」

と哀願するように言っていました。豚と言われるたびに私の鼻がだんだん拡大していくように感じたからです。これ以上大きくなったら掌で隠しようがありません。醜くて滑稽な姿を、衆人環視の中で晒さなければなりません。

「ど、どうしたんだい、その鼻は」

「私にも分からないわ」

私は健次の質問にうろたえながら答えていました。分かるぐらいなら対応の仕方もあったけれど、皆目見当が付かないのです。こういう悪戯《いたずら》ってあるかしら。まるで相手を増長させているだけだし、思う壺です。

「私は分かってるわ。貴女が豚だからよ。豚だって何も恥じることなんかないわ。豚だって正々堂々と名乗ってやればいいのよ」

静香がいつの間にか来ていました。静香の言うことは無論相手に分かる筈はありません。鼻で息をするように、あの不協和音が鳴り響くだけです。それだけで人間は不愉快になるのです。

「ああ豚だ。本物の豚だ。なんで豚がこんなところにいるんだ」

とうとう懸念していたことが起こってしまいました。

「だからあれほど言ったでしょう。早くここから逃げるのよ。捕まったら殺されるのよ」

私は思わず金切り声をあげましたが、私だって静香のことをとやかく言えません。私の顔が静香に限りなく近付いていました。私の顔に静香の面影を見るのはたやすいことでした。

静香を捕まえるのにさっきの連中が飛びかかりました。静香は咄嗟に身をかわして逃げました。運動音痴の静香も、こういう時は必死になるのか、敏捷な動きで右往左往していました。こうなれば私だって猫を被っている訳にはいきません。上品振って、わあとかきゃあとか言いながら静香を見殺しには出来ません。健次がいるから少しは控え目にしていなければいけないのに、私は腕まくりをし、力瘤を入れると殴りかかっていました。健次も二、三人の男を蹴ったり殴ったりしていました。

楽しかるべき最初のデートの日が、このような結末を迎えようとは誰が予測出来たでしょう。懐しい思い出の一頁を飾るのにふさわしい幕切れを期待していたのに、私の赤裸々な姿を、何度も暴露するなんて夢にも思っていませんでした。

私と静香と健次は嵐のように襲ってくる暴力に敢然と立ち向かっていました。暴漢が健次を後ろから羽がい絞めにすると、もう一人の男が前から健次を襲うのです。それを見た私は大きくなった鼻を膨らまし、思い切り鼻息を吐くと、男は忽ち宙に浮き、後ろへ飛び去りました。私が息を吸うと、そこらにあるものが、酒のコップや皿などが、掃除機に吸い取られるように吸い寄せられました。私の鼻息もちょっとした威力ですが、こういう姿はあまり好きな人の前では見せられません。

静香も負けじと蛮勇をふるっていました。静香はどちらかというとお転婆ですから、静かな場所で窮屈にしているのは苦手で性に合いません。気が短くてお祭り好きですから、こんな活劇ごっこは三度の飯より好きな方です。まるで水を得た魚のように、修羅場をくぐり抜けていました。

しかし悲しいかな静香は豚です。それも四つ足の雌豚ですから、まともに向かっていって勝てる道理がありません。見ているとはらはらどきどきの連続で、静香は戦っているというより、鼠のように逃げ回っているにすぎません。小さな尻尾を捕まえられて悲鳴をあげたり、鼻の穴に指を突っ込まれたり悪戦苦闘していました。もし私がそんな静香を、見るに見かねて救出しなければ、静香の体中は痣だらけだったし、頭は瘤の山が際限もなく出来ていたでしょう。

「静香どうしたの。貴女は口だけかしら。だらしがないじゃない」

私が静香に言いました。

「何よ貴女だっておせっかいの、出しゃばり娘じゃないの。あんなへなちょこな男なんか私一人で充分なのに、いらぬ助っ人はやめてもらいたいわ」

静香は、はあはあ喘ぎながら言いました。私も静香もそれから健次も疲れていました。相手は、倒れても後から後から湧いて出てくるようでした。

「どう見ても私達の方が不利ね。どうしましょう」

私は健次と背中合わせになったので、呟くように言いました。

「たしかに君の言う通りだ。このままだとこっちの方が危ない。どうやら逃げるより手はなさそうだ」

「逃げるの、そんなこと言わないで」

一番だらしのない静香が強がりを言いました。

「じゃ貴女は思う存分やってたらいいわ。私はもうつき合っていられませんからね」

「それじゃ僕が突破口をひらくから、僕の後からついて来るんだよ」

そう言うと健次は棒を倒すように、あたるを幸いになぎ倒して突進しました。私も健次を追うように突っ走りました。その後を静香がぶうぶう言いながらついて来ました。

「何よ卑怯者。逃げるなんて最低じゃない」

静香がぷんぷん怒りながら言うので、

「丸焼きにされてもいいんだったら貴方だけ残りなさい」

と私は言いました。

「ねえ、又街へ行きましょう。スリルがあって面白かったわ」

静香は口をきけば、あの夜のことを思い浮かべて私を誘うけれど、私は二度と御免です。危険な目に会いたくないというより、私の鼻がひっくり返るように変容したのがショックで思い出したくもありませんでした。

私は人間ではありません。これは仮りの姿です。静香が言うように、私も豚だったのです。ある日突然、思いがけず人間に変身しました。その私が、又ある日豚に戻っているかもしれないのです。私はそれを思うと憂鬱でなりません。私はこのままずっと、永遠に人間でいたいと思っているのに、私の意思とは関わりなく、いつの日にか、私は又豚の姿に戻らなければなりません。それが明日になるのか、それとも一週間先なのか私にも分からないのです。

五

「ねえ、ちょっと私に豚野郎と言ってみてくれない」

私はまだあの時のことがひっかかりこだわり続けていたので、実験をするつもりで静香に頼みました。

「どうして私が下品なことを言わなければならないの。貴女は豚野郎に間違いないけれど、今更そんなこと言ってどうするの」

「ちょっと試してみたいことがあるの」

「それじゃ言ってみるけれど、馬鹿馬鹿しいわね」

そう言いながら、静香は私に向かい、憎々しそうに声を絞るようにして豚野郎と言いました。その言葉が果たして、私にとって悪魔の呪文になるのでしょうか。私は私の体に反応が起こるのを待っていましたが何も起こりませんでした。

私の鼻が桜の花のように開いて来れば、謎を解く手がかりになったのに、何も起こらないので私は首を傾けました。

「やっぱり気のせいかしら」

「私には残念なことだけどね」

静香はずけずけ憎らしいことを平気で言いました。

「もう一度言ってみてくれない」

「何度言っても同じことよ。貴女の鼻が変化するのは私には愉快なことだけれど、そんなこといちいち気にすることはないじゃない。いずれ貴女は豚に変わる運命にあるのよ。永遠に人間でいられる筈はないでしょう」

「私が気にしていることを平気で言うのね。でも貴女の言うことが正しいのだから仕方ないわね。でもお願いだからもう一度言ってみてくれない」

「豚の私が豚の貴女にそんなこと言っても何も起こりはしないと思うわ。人間が貴女にそう言ったのなら別だけれど。だから私に頼むより、貴女の大好きな健次さんか親方さんに頼んだ方がいいじゃないの」

「厭よ。そんなこと出来ないわ」

「どうして」

「どうしてってよく言うわね。もし親方さんが言って私の鼻がめくれて来たらどうするの。取り返しがつかないじゃない」

私がそう言うと、その場の光景を脳裏に思い浮かべた静香は、腹を抱えるようにして笑い転げました。静香はそうなればいい気味だと思っているのかもしれません。いずれにしろ、私にとって豚野郎は禁句の言葉で、そんな言葉を聞かないように心がけなければなりません。

しかし人間は相手を見下したり卑しめたりする時に、たびたび豚野郎と言います。親方と奥さんは仲が良く人も羨む夫婦です。それでも時々喧嘩することがあります。親方は腹立ちまぎれに奥さんに、このめす豚と怒鳴るのです。私はその言葉を聞くとはらはらどきどきです。私はなるべく聞かないように耳を塞いでいました。

牧場は思ったより居心地がよくて私と静香は長居してしまいそうです。静香もここに落ち着いたのか、前のようにここから出て行こうとは言わなくなりました。それは親方がとても気のいい人だからです。豚は豚の直感が働きます。私も静香も、太らされ殺される運命をずっと渡り歩いて来ました。どこへ行ってもその運命から逃れられないのです。私達が生かされることは、すでに死への道を辿っていて、私達の肉はやがて人間の手によって料理され賞味されます。

それは言ってみれば私達の運命、いわばさだめです。どんなものにも価値とか使い道とか運命があって、そこから逃れられない掟に縛られています。ここの親方は私達に少なくとも殺意を感じさせませんでした。私と静香は直感で危険な人間を感じ分けて来ました。それが私達の唯一の危険から身を守る手立てでした。

「俺は君達を決して殺しはしない。君達が死ぬまではな」

親方のこの言葉を聞いて静香はいたく感動しました。静香も私も今までこんなにやさしい人間の言葉を聞いたことがありません。

「ここが厭になったらいつでも出て行っていいのよ」

静香は飽き性なので、気を利かして私が言いました。私達は根なし草と同じで、一カ所にじっと出来ない習性を持っているからです。一カ所にじっとしていると、尻のあたりがむずむずして来ます。

「当分ここにいてもいいわ。貴女がいるのならね」

「私はずっとここにいるかもしれない。でも貴女を束縛するつもりはないわ。貴女がもっと自由で楽しい所を捜すつもりなら止めたりしないわ」

「私は貴女ほど夢は見ないもの。見たって私は豚よ。豚は自由なんかないし、楽園なんてものも蜃気楼と同じで所詮幻に過ぎないもの。貴女が私のことをお払い箱にしたければそれでもいいけど。貴女と私とでは棲む世界が違ってしまったもの。貴女は何だか遠いところへ行ってしまった感じがするわ。残念で淋しいけれど仕様がないわね。私は貴女のように人間になりたいなんて一度も思ったことがないもの。これからだって、多分思ったりはしないでしょう」

淡々と語る静香を、私は思わず抱きしめたくなりました。姿形が変わり、考え方も変わってくれれば、当然進む道も異なって来ます。別々の道を進むしかありません。自分の信じた、正しい道を、お互い行くしかありません。

春が過ぎてやがて夏を迎えようとした季節になりました。静香にとって思わぬ朗報が舞い込んで来ました。ある日親方が街からの帰りに、路上で瀕死の状態でいる痩せ豚を拾って来ました。

「こんな死にぞこないの豚を拾って来ても使い道にならないと思ったが、打っちゃることも出来ず、取りあえず連れて帰って来た」

親方はその豚を私と静香に見せながら言いました。親方の言う通り、その痩せた豚は体中に痣と傷をつくっていました。

「助かるかしら」

「さあ、どうかな」

親方は匙を投げるような言い方をしました。私も気の毒だと思いましたが、十中八九助かる見込みはないように思いました。もし助からずこのまま死んだら、私と静香で懇ろに葬ってやろう。親方もきっとその心づもりで拾って来たんでしょう。

静香はさっきから黙ったまま、傷ついた豚に熱い視線を注いでいました。私ももとはと言えば豚でした。だから親方よりも、仲間意識や豚に対する思いやりを持っているつもりです。しかし私よりも、現役の静香の方が更にそういった意識は強い筈です。人間が人間の死に接したら厳粛な気持ちになるように、豚も豚の死に接するとそれ相応の心持ちに陥ります。

死と必死で戦っている仲間を目の前にして、静香は祈らずにいられなかったのかもしれません。敬虔な気持ちで助けを乞うていたのかもしれません。やがて静香の眼に熱いものが噴き出して来ました。静香はその涙を拭おうともせず、突然、

「健次ね。貴方は健次ね」

と言いました。

「静香、どうしたの。何を血迷っているの」

私は驚いてやさしく静香に言いました。静香は首を振りながら、

「間違いないわ。健次よ」

と相変わらずうわ語のように続けました。

「この豚が健次だなんて。それはとんでもない誤謬よ。健次はとっくの昔に死んだし、いいえ死んだなんて縁起が悪いわね。もし生きていたとしても行方不明よ。健次だったら私にも分かる筈よ」

私は傷ついた豚を私なりに観察していました。健次だったら私にも分からなければおかしいし、瘦せて傷ついた豚は、健次の面影すらありませんでした。

「貴女は豚を裏切った人間よ。そんな人に分かる筈はないわ」

静香が私をきっと睨むようにして言いました。

「そう言われると返す言葉がないわね。貴女が何と言おうと肝腎の豚が、まだ死んじゃいないけれど、口も訊けない状態じゃ何を訊いても駄目なんじゃないかしら。健次であってもなくっても、まずこの豚を助けるのが先決じゃないかしら。元気になれば、すぐに真相も解明されるわ」

私がこう言うと、静香はようやく納得しました。

「助かるかしら」

私はもう一度親方に尋ねました。親方は私の問いに明確に答えるかわりに、「応急処置を施してやろう。後は運を天に任せるより仕方がない」と突き放したように答えました。

私と静香は彼を私の部屋に担いで行き、私の寝ているベッドに横たえました。額に手を当てるとひどい熱なので、私はバケツに水を汲み、タオルを搾って冷やしました。

「貴女まだ起きているの。一晩中看病するつもり」

静香は彼の傍につきっきりでした。

「一晩でも二晩でも、眼をあけるまで傍にいるつもりよ」

「貴女の熱意は買うけれど、それじゃ体に毒だわ。彼が助かっても、今度は貴女が参ってしまうじゃないの。寝た方がいいわ」

「目を瞑ってもなかなか眠れそうにないわ。私のことは心配しなくていいの。貴女こそぐっすりお休み。貴女は楽しい夢を見るのでしょう」

「親方も言ったでしょう。後は運を天に任すしかないって。私達はどうすることも出来ないのよ」

私がこう言っても静香は聞こうともしませんでした。

「貴女は覚えてるかしら。私は時々思い出すの。私と健次のことをね。私達は小さい頃から仲良しだったわ。よく喧嘩もしたけれど、あの頃が一番楽しかったわね。私達が豚だなんて気付く前はね、天真爛漫なものだったわ。私達が豚だと気付き、やがて殺される運命にあるんだと知った時の絶望感と恐怖も勿論忘れることは出来ないわ。だけど私は運が良かったのね。私達の仲間の多くは次々と殺されたわ。貴女は人間になって助かったし、私はその貴女に助けられた。そして今こうして健次にも会うことが出来た。昔のまんまだわ」

静香は興奮したように喋り続けました。私は黙って耳を傾けていました。静香はとうとう一睡もせずに看病しました。傷ついた豚は何日も昏睡状態を続けました。このまま眼をさますことなく、永遠の眠りにつくのかしらと、私も静香も心配でした。静香は疲労困憊していました。肉体的にも過労の頂点に達していました。過度の疲れがありありと静香の顔にも現われていました。細い目の縁に隈を作って、喋るのも億劫な様子でした。食べ物も喉を通らない様子で、このままでは静香も同じように憔悴し病に伏せるかもしれません。

「奇跡が起きることとなんてあるかしら」

弱々しい声で静香が言いました。

「奇跡なんて滅多に起きるもんじゃないわ。もし起きたとしても、それは万に一つの珍しい偶然を、大袈裟にそう呼ぶだけであって、奇跡なんてこの世に存在しないのよ」

私はぶっきら棒に言いました。夢を信じている私が夢を壊すような言い方をしました。奇跡を信じることはた易いことです。豚の私がこうして人間でいるのも、万に一つの奇跡が起きたからかもしれません。

一週間がまたたくうちに過ぎて、私も静香も諦めかけていました。眠れる森の王子様ならぬ、満身創痍の豚は依然として眠り続け、このまま永遠に目を閉じたままなのではないかと思わせるような状態でした。私も静香も還らぬ豚に冥福を祈るよう、心から黙祷を捧げた時です。白い糸でしっかりと縫い合せてなかなか開きそうにない眼が、ゆっくりと開きました。目の奥にはかすかな生命力が息づいているように、潤いのある光沢がありました。

「気がついたのね」

静香は言いようのない感動に包まれていました。中途半端でない、とび抜けた喜びを味わうと、それを表現する言葉はなかなか出て来ません。静香もやっとこれだけの短い言葉で、そのときの悦びと感動を伝えました。

「ここはどこだろう」

傷ついた豚が私と静香を見ながら、力のない声ですが、はっきりと言いました。

「ここは、大きな牧場よ」

静香が胸を張って言いました。それから静香はまだ意識が朦朧としている彼に矢継ぎ早に質問しました。貴方は誰、どこから来たの、どうしてこんな傷を負ったの。静香は早くそれを聞きたかったに違いありませんが、それは彼にとって酷というものです。やっと目が開き口が訊けるようになったばかりです。

彼が、ようやく身の上話ができるようになるには、それからまだ二日を要しました。顔色もよくなり、食欲も出て来た彼は見違えるように元気になりました。元気になると忘れていた記憶が甦るのか、何でもすらすらはきはきと言えるようになりました。

私が驚いたのは、彼が私達をじろじろ見て、見覚えがあると言った時です。彼は私達が自己紹介するまでに、静香の名前を言い当てました。その時の静香の喜びようといったらありません。天にも昇るように舞いあがり、やっぱり私の言った通りでしょう。貴方は健次ね。健次でしょうとせっついた言い方をしました。

「よく僕だと分かったな」

「そりゃ分かるわよ。だって私と貴方の仲じゃない。分からない方がおかしいわ」

静香は得意そうな表情を少しも崩さずに言いました。何が一体静香にそうした自信を与えたのか分かりません。あんなにやつれて、昔の面影もないのに、どうして静香だけ分かったのか不思議です。やっぱり健次と静香には目に見えない赤い糸で結ばれている何かがあったのかもしれません。

「健次、私が誰だか分かる」

私がこう言うと、健次は神経をぴくっとさせるように驚いて人間である私を見ました。

「この化け物じみた人間は一体誰なんだろう。大方、見当はつくがね」

健次が言いました。

「そりゃそうよ。私達は仲良しだったもの。ことに貴方はこの人が好きだったみたいだからね」

揶揄を込めて、それから皮肉めいた言い方を静香がしました。健次は私が人間に変身したことを初めて知って、驚愕と嘆息の混じった感心の仕方をしました。誰だってそんな途方もない出来事を信じるはずがありません。豚が人間になる。どんな魔法を使っても可能になるわけがありません。

「もしそうだとすると、それはめでたいことさ。それは多分天と地が引っくり返るような珍事だ。でも我々豚が人間になっても不思議ではないし、おかしくはない。もっとそういう人間が増えるのを僕は奨励したいし歓迎したい。だって我々の心の痛みの分かる人間が増えることは、我々にとっても喜ばしいことだからね」

健次はまくしたてるように言いました。私は健次がそう言ってくれたのでほっとしました。詰問されたり、軽蔑されたらどうしようかと思っていたからです。反逆者だ、敵だとなじられたら、それこそ立つ瀬がありません。

「貴方はもう死んだとばかり思っていたわ。生きて会えるなんて思ってもみなかった」

「そりゃお互い様だ。人間に無理矢理に拉致された時は、僕ももうおしまいだと観念したものさ。暴れたり抵抗したりしても押さえつけられるだけなんだから、大人しくしていた。首を刎ねられ解剖されて、やがては人間様の食卓の上に、僕の見事な肉体の一片があざやかに飾りつけられる。僕の人生もそうなればあながち無意味なものじゃない。僕はそう思うことにして、取りあえず僕の死を無駄にしたくないと考えたものだ。そうすると少しは落ち着いたけれど、やっぱりどこかすき間風が吹いてるみたいにむなしくなってね。一晩中目を腫らしながら泣いたものさ」

健次が身の上話を始めると、静香はそれを聞きながらもらい泣きしていました。鼻をすりあげたり、涙をふいたり大変でした。

「そんな貴方がどうやって助かったの」

私は健次があんまり流暢に話すので、質問する機会を見出せませんでした。健次が話の途中で腰を折るように一息入れたその間隙を縫って、私は素早く質問を試みました。

「君は実に素晴らしいことを聞いてくれた。どうやって助かったかって。僕だってよく分からない。僕だってどうやって助かったかって聞きたいぐらいだ。あのまま僕が屠殺場に直行していれば、僕は完全に死刑を執行されてここにはいなかった。大勢の仲間が行列になって、死の順番を待っていた。僕もその列に並んで、一歩一歩死の階段を上っていたんだ。ところが、急に僕はその列から弾き出されて別のところへ連れて行かれた。僕だけがどうしてその列からのけ者にされたのか、僕だって分からない。たまたまそこに僕がいただけなのかもしれない。特別な理由なんて何もなかったに違いない。それから僕がどこへ連れて行かれたか、君達には分かるかな」

私と静香は顔を見合せて首を振りました。健次は納得したような顔をして頷いてから、話の続きをはじめました。

「君達が分からないと言うのも無理はない。僕だって分からなかったのだから。でも正直言って僕は助かったと思った。列から外されたので、僕だけ特別に恩赦が与えられたと感激したものさ。仲間に申し訳ないと思ったが、もし僕の思った通り、僕だけ許されるんだったら、僕はそれを享受しようと思った。拒否して行列に戻ることはないからね。その時はそう思ったけれど、僕は後悔した。生きながら苦労するんだったら、あの時一層のこと仲間と一緒に死んでいた方が楽だった。僕は何度もそう思ったもんさ。僕は曲馬団に連れて行かれた。君達は曲馬団を知っているかい」

私と静香は前と同じように、顔を見合せて首を振りました。健次も又前と同じように、今度は少し口元を歪めて見せながら、何度も頷いて更に話をすすめました。

「早く言えば見世物だ。ただの見世物じゃない。いろんな芸をして客に見せ客を喜ばせるんだ。芸といっても生易しいものじゃない。君達も知っている通り。僕には芸がない。僕だけじゃない。豚にははじめっから芸なんか出来ない。芸の出来る豚なんか、古今東西聞いたことがないからね。だからかえって受けるし、新鮮に見える。そこが狙い目なんだ。こっちはえらい迷惑を被ったもんだ。人間は僕に目の色を変えて躍起になって芸を教えようとする。しかしそんなものが一朝一夕に覚えられる筈もないし、そう簡単に出来たら苦労なんていらないからね。最初は簡単な芸だった。でんぐり返ったり立って歩くような真似をさせられる。それさえ、ちょっとやそっとで出来るもんか。僕達がでんぐり返るなんて土台無茶な話さ。やらなけりゃ尻を思いきり鞭でひっぱ叩かれるんでしょうこともなしさ。僕はどうにでもなれって、自棄ででんぐり返ったが、案の定首の骨を折ってひどい目にあった。それでも手加減してはくれない。包帯をぐるぐる巻かれて、出来るまで特訓させられるんだ」

健次の話は延々と続きそうでした。静香は熱心に聞いていました。健次は自分の話で自分が酔っている風で、話にも熱を帯び、だんだんとエスカレートして来ました。健次の話し振りもさることながら、静香の聞き振りもまさに感興に入っていて、静香は瞼一つ動かさず健次の言葉のすべてを吸収するかのように熱心に耳をそばだてていました。

「僕達豚は所詮どんなにあがいたところで花形にはなれない。どこまでいってもピエロにすぎないんだ。そうと分かっていても生きて行くためには何でもしなけりゃいけない。そう思って僕は歯を食いしばり努力して来た。でんぐり返しもいつの間にか出来るようになった。僕にも少しばかり自信のようなものが湧いて来る。何も出来ない頃に較べると、これでも数段の進歩だからね。僕がへっぴり腰ででんぐり返しを見せると観客は大喜びだ。僕だって少し鼻が高くなり、調子に乗って何度でもやったもんさ。しかし人間は実に飽きっぽい性格だからね。本当に呆れるぐらいさ。僕は人間の性悪さに振り回されたり泣かされ通しだった。彼等を満足させるために、僕は次から次へと新しい芸を仕込まれる。その度に僕の体は痣だらけになり傷まみれさ。僕が鳴いたり、ひいひい言って逃げ回っても容赦なしさ。新しい芸を覚えるまでは徹底的にしごかれるんだ。それでもでんぐり返るとか、玉の上に乗ったりしているうちはまだ我慢出来た。僕にも余裕があったし、新しい芸を覚える楽しみもあったし、何よりも僕自身やる気があったからね。負けてたまるもんかっていう気が僕を支えていたんだ。しかし僕にも限界がある。僕は一応何でも器用にやりこなして来た。こういう僕を彼等は調法に利用して来たんだ。もし僕が芸を覚えられず、根をあげていたらすぐお払い箱だ。その日のうちに串刺しにされて丸焼きだ。僕はそんな仲間や、挫折していく多くの動物達を見て来たからね。そうなると悲惨なもんさ」

健次はそこで息を継ぐために休憩しました。私もいつの間にか静香のように健次の話に吸い寄せられていました。健次の話す内容を聞きながら、私は私なりに想像を巡らしていました。

「でもよくやるわね。私だったらとっくにお手あげだわ」

静香が感心したのか、それともまぜ返す意図が含まれていたのか、重石を乗せられたような重苦しい雰囲気から解放するために一石を投げたような言い方をしました。

「貴女は特別運動音痴だからね。貴女にでんぐり返しをさせても、一生かかっても出来ないでしょうね」

私は静香の欠点を早速に暴露して言いました。

「そういう貴女だって鉄棒は苦手じゃなかったかしら。お尻が重たくて鉄棒にもぶら下がれないでべそをかいていたのは誰かしら」

「貴女は木登りも出来なかったじゃない」

「木登りなんていう下品な真似の出来る豚なんていないわ」

静香が負けずに口を尖らせました。私達はいつもこうなります。わざとふざけているのではありません。どういう訳か夢中になって結果的にこうなるだけです。傍から見ていると、憎しみあって言い争っているように見えますが、決してそうではありません。腹も頭の中もいたって空っぽで、後で何を言い争っていたかすぐ忘れてしまいます。

「君達の言い争いも相変わらずだね。あの頃とちっとも変わっていないじゃないか。それは僕の話の後にして暫く中断してくれないか。僕はもっと話を続けたいんだ。僕の話がすんでからゆっくりやってもいいだろう。どこまで話したっけ。そら御覧、君達のお蔭で忘れてしまった」

そう言ってから健次は暫く口を噤み、それから話の糸口が見つかったのか、重い口を開き一気に喋り始めました。

「僕は実にいろんな芸をやらされた。それが僕の生きる道だと思ったから、僕は歯を食いしばって何でもやった。玉乗りがすむと今度は綱渡りだ。高い柱の端から端に渡した綱の上を歩くんだ。足がぶるぶる震えて歩けたもんじゃない。目を瞑り度胸を決めたつもりでも、足が縮んで動かないんだ。落っこちて死んだ方がましだと思ったよ。綱渡りが何とか恰好がついて来ると、今度は何だと思う。僕の体に沢山の風船を括りつけて宇宙遊泳だ。高所恐怖症の僕はおっかなくて初めて泣いた。これだけは勘弁してくれるよう頼んだけれど、僕が泣けば泣くほど人間は面白がってやめないんだ。僕の体が風船と共に浮かびあがってどんどん高く舞いあがる。すると今度はその風船を一つずつ破裂させていくんだよ。僕は破裂する風船の音を聞く度に肝が縮みあがったもんだ。全部無くなると僕はそのまま落下して地上に叩きつけられる。僕はその時からもうこんな稼業に厭気がさして来た。こんな生き恥をさらすんだったら、あの時一層のことみんなと一緒に死んでいたらよかったと思ったよ。まもなく風船から解放されると、次は大砲の弾だ。勿論本物じゃなく造り物だけれど、どかんと火薬が爆発すればその反動で僕は勢いよく大筒から飛び出している仕掛けだ。僕はどこへ飛んで行くか、その時の風任せのように分からないんだから全く頭にくる。天井の柱に頭から当たったり、壁に体ごとぶつかったり、尻に火がついたりして踏んだり蹴ったりだ。僕はもうこんなところから逃げ出そうと、いよいよ決心した。見つかったら大変だけれど、もうそんなことを考えている猶予もなくなった。なるようにしか成らないと思って、僕は彼等の隙と油断を見計らって頓走して来た。深手を負っていたし無我夢中だったから、どこをどう逃げて来たか分からない。気が付いたら君達がいたという訳だ。僕は運がよかったんだね。君達とこんなところで巡り合うことが出来るなんて、やっぱり逃げて来てよかった」

健次は深い嘆息と共に、ほっと安堵の胸を撫ぜおろしました。その健次もすっかり傷も完治し元気になってはしゃぎ回っています。があの時の後遺症なのかほんの少し跛をひくようになりました。それもたいしたこともなく歩くのに左程苦になりません。

「静香、もう貴女は私の部屋を出て行かなければならないんじゃないの」

「あら、どうして」

静香がすまして答えました。

「だって居候が増えたんじゃ私の部屋も狭いし、それに貴女達の仲が大変およろしいので、かえって私が邪魔なんじゃないでしょうか」

私は少しふざけ半分に言いました。わざとおどけておちゃらかしました。健次がいたらとてもそんな態度は見せられませんが、健次は健康のために最近ジョギングを始め、牧場をとことこ一周している最中でした。貴女も一緒に走ったらと冷やかし半分に静香に言うと、案の定静香は首を振り厭な顔をしました。食べて寝るだけの芸しかない静香に運動をすすめても無理な話です。健次となら走るだろうと当てにしていましたが当てがはずれました。

「そう思うんなら、貴女が出て行ったら」

平気な顔をして静香が言いました。

「何てこと言うの。ここは私の部屋よ。今まで貴女が可哀想だと思うから居候させてやったのに。その恩も忘れて何てこと言うの。豚は豚小屋に帰りなさい」

「ひどいことを言うのね。それが親友に対して言う言葉かしら」

「それじゃ私もはっきり言わせて貰いますけどね。貴女ひとりならともかく健次も一緒だなんて御免だわ。毎日健次といちゃいちゃしたり、でれでれしたりして見ちゃいられないの。健次を呼ぶ時の貴女の声は普通じゃないわ。猫撫ぜ声を出して気色が悪いったらありゃしない。そういう訳だから、もうこれ以上一緒に棲めませんからね。御了承願いますわよ」

「貴女は私達のこと妬いてるの。そうなの」

静香は鼻の先でせせら笑いました。

「そうじゃないわ。ただ目ざわりなの。もううんざりよ。貴女が健次のこと好きなのは勝手だけれど、いいえ好きなら好きで一緒に棲んだ方がお互いのためでしょう。貴女だってその方がもっと健次に甘えられるんじゃないの」

「貴女がそう言うんならそうするわ」

とうとう静香は怒り出しました。絶交よと言わんばかりの勢いでした。私は私で一計を案じていました。静香のために一肌脱ぐつもりでした。

私は静香に内証で親方のところへ相談に行き、静香と健次の間柄を洗いざらい打ちあけて、静香と健次が一緒に棲めるよう頼みました。

「どうすればいいのかな」

親方は腕組みをし低い声で言いました。

「あのふたりを、いいえあの二匹を結婚させてやって下さい」

私は単刀直入に言いました。思わず結婚という言葉が出たのでした。

「豚の結婚式か。前代未聞だな」

親方は笑いながら答えました。

「おかしいかしら」

私は少し感情的に言いました。

「いいえ、少しもおかしくはありませんよ。素敵なことだわ」

そう言って私を擁護してくれたのは親方の奥さんでした。奥さんは慎しみのある微笑をいつも頬にうかべていました。その微笑を見ていると心が和み、安心しました。

「そりゃ別に悪かない。が少し大袈裟じゃないかな。物笑いの種になるよ」

親方はあくまで反対しました。その親方の心が豹変したのは、親方の腕に注射を打ち込むような奥さんの発言があったからです。

「そう言えば、私もとうとう結婚式を挙げてもらえませんでしたね」

「分かった。分かったよ。その罪亡しという意味じゃないが、今、ふと気持ちが変わった。豚の結婚式も悪かない。面白いかもしれない」

親方の言うことがころりと変わったので、私と奥さんは顔を見合わせて、してやったりとにんまりしました。

「ついでに新しい小屋も作ってもらえないかしら」

「新居だな。みなまで言うんじゃない。わしをそう見くびって貰っては困るな。及ばずながらわしが仲人役を引受けよう。仲人を引受けたからには、万事このわしに任せなさい。新婚さんには勿論新しい住まい、つまりは新居が必要になるだろう。明日から早速新居作りにとりかかろう」

親方は大船に乗ったつもりでと胸を叩いて見せました。私は私の計画が早とちりだったら大変なので、このことをすぐ静香に伝達しました。

「私はそのつもりだけれど、健次が何て言うかしら」

静香は何とも煮えきらない返事でした。肝腎の静香がこの調子ではまとまる話もまとまらないし、私の努力も水泡に帰してしまいます。

「まだ何も話してないの。静香姐さんとしては大変な落度じゃないの」

「だって私の口からとてもそんなこと言えやしないわ」

「そう言うもんかしら。でも相手の気持ちぐらい探ることは出来るでしょう」

「もし断られたらどうしようと思うと、なかなか言えないものよ」

「そりゃ分かるけれどね」

「だから貴女から打診してみてくれない」

とうとう静香は神頼みのように私に手を合わせました。

「仕方ないわね。他ならぬ静香姐さんのためだし、乗りかかった船だ。好きなひとと一緒になるのが幸福だもの。そのために一肌脱ぎますか」

「恩に着るわ」

「あら今度はえらく殊勝なのね。ついこの間は怒って絶交よって言ってたんじゃなかったかしら」

「それは言いっこなしよ」

私は静香の返事を聞いて、これは是が非でもまとめなければならないと思いました。もし失敗するようなことになれば、今度こそ私と静香の仲もこれまでだし、それより何より友達として、静香を奈落の底に突き落とすことは出来ないと思いました。

健次は私の話を聞いて戸惑った様子を見せました。健次にしても寝耳に水だったかもしれません。でも健次も別に反対する理由もなく頷いたので、気の変わらないうちに速やかに式を挙げてしまいました。

静香にはレースで編んだ純白のドレスを着せました。まばゆいばかりの花嫁姿でした。健次には私が思いつきで、白い裸身の上から黒いペンキを塗って、見事な服を新調しました。

「乱暴だなあ。僕にも本物の服を作ってくださいよ」

と健次を嘆かせましたが、ペンキの服も勿論健次の体をぴったり包みよく似合っていました。

かくしてこの大きな牧場で聞いたことも見たこともない豚の結婚式が厳かなうちに、つつがなく終了し、新しいカップルの誕生と相なりましたが、この時私は勿論仲人を引き受けてくれた親方夫婦も、このカップルが末長く幸福な生活を送るものと信じて疑いませんでした。

ところが破局が間もなく訪れました。健次が突然理由もなく出奔してしまったからです。散歩に出かけると言って家を出たまま帰ってきませんでした。静香は口も訊けないほどしょげ返っていましたが、考えようによっては、一度でも結婚という華燭の典を、それも大好きな豚と、私という大の仲良しの前で挙げられたことは、静香の一生の間で一番幸せなことだったかもしれません。

六

この辺鄙でめったに訪ねる人もない大きな牧場へ、珍しく車が停まり、二人の男がおりて来ました。一人は恰幅がよくて高い帽子を被り、太い指に煙草をはさんでいました。もうひとりの男は秘書らしく、小脇に鞄を抱え低い姿勢で後をついて来ました。

男達は短い足を一杯広げ大股に歩いて来て親方の家へ入りました。

「お邪魔するよ」

恰幅のいい男の太い声が家に響きました。私も静香もちょうどそこにいて、この奇妙な客を迎えました。

「誰かと思えば村長さんじゃありませんか」

親方が言いました。

「おまえ達はいつまでここに居るつもりかね」

村長は持っていた杖をふり回しました。

「そのことなら、もうけりがついているでしょう」

「何のけりだね。お前達がここを出て行かなけりゃ、けりなどつかんよ」

「ここを出て行くんですって」

私は思わず口走ってしまいました。

「何だねこの若い娘は。おかしな顔をしておかしな声を出すもんじゃない。お前の娘か」

「いいや、ここを手伝ってもらってる娘ですよ」

「そうだろう。若い娘は礼儀を知らんで困る」

仏頂顔をしながら村長は言って、顔をくしゃくしゃにしました。自分の方が余っ程おもしろい顔をしている癖にと私は腹が立ちました。

「村長さん。この間もたしかはっきりとお断りした筈ですよ。わしはどこへも行かない。ここを出て行くつもりはありませんよ」

「まだそんなことを言ってるのかね。ものは考えようだ。わしはお前の足元を見て言ってるんじゃない。誤解せんで貰いたい。この牧場はどう見ても赤字じゃないか。やって行けんだろう。このままだといずれ潰れる。わしは見るに見かねて、ここを高く買ってやろうと言ってるんじゃないか。こんないい話はないと思うがね」

「だったらもう少し黙って見ていてもらえませんか」

「そう言いながら、もう随分、時間が経った。もうこれ以上待てん」

村長がぴしゃりと言いました。

「随分とひどい言い方をするのね」

私が言いました。

「何も知らん癖に、若い娘が口出すことじゃない」

「そうかしら。私だってここの一員よ。口出しする権利はあると思うわ」

私も静香に負けず劣らずおっちょこちょいで短気だから黙っていることなど出来ません。

「君は何かね。すべてのことを知って言ってるのかね」

「すべてのことって」

「どうやら何も知らんようだな。君の御主人はお偉い人だから、随分とお金をお借り遊ばしているんだよ」

「それがどうかしたの」

「それじゃ君が払ってくれるのかな」

「私だってないわ」

「おやおや、偉そうな口をきくと思ったのに君も一文無しか。それじゃお話になりませんな」

人間はどうしてお金お金と、目先の欲に目の色を変えるのでしょうか。まるでお金が天下を取ったみたいですが、豚だった私にはその疑問に答える術を知りません。お金と言われると悲しいことに手の下しようがありません。

「こんなところに豚が、お昼寝ですか。うまそうですね。わしは何を隠そう、豚が大好きでしてね。その豚をいただけませんか」

村長がこう言ったので静香は驚いてはね起きました。それを見て村長は笑いながら言葉を継ぎました。

「これは冗談ですよ。それにしてもこの豚は言葉が分かるのかね。びっくりして飛び起きたじゃないか」

「豚ならもう一匹いるわよ」

「どこにかな」

「目の前に」

「ひょっとしてわしのことかな」

「ひょっとしなくても、貴方しかいないでしょう」

「君、失礼じゃないか」

村長の秘書が目くじらを立てて唾をとばしました。

「まあいい。君はなかなか面白い娘だね。しかし人を傷つける冗談を言っちゃいかんね」

「貴方も、豚を傷つける冗談は慎むべきだわ」

「そうか。こりゃ一本取られたね。しかしこれは冗談で言うんじゃない。真剣に考えないととんだことになるからね。このままだと本当にその豚をいただくことになるかもしれない。この牧場ごとそっくりね」

そう言ってにやりとしました。村長が帰ってから、

「もうこの辺が潮時かもしれないな」

と親方が弱気なことを言いました。夢は大きく持たなければならない。牧場を始めたとき、ここを大きな牧場にするんだと親方は思いました。そして思い切ってこの牧場を大きな牧場と名付けました。

「親方さんらしくありませんね」

親方の陰の苦労を知らない私は出しゃばったものの言い方をしました。親方を傷つけたかもしれませんが、もう一度頑張って貰いたいという思いをこめて言ったのです。

「しかし現実は厳しいからな。この牧場も大きな牧場になる前に、小さな牧場のまま潰れるかもしれない。今まで何とか頑張ってきたがもういけない。これ以上みんなに迷惑はかけられない」

「迷惑だなんて」

「いや君と君の親友を長いことここに引き止めてしまった。ここは君達のような若者が長居する場所じゃない。君達はわしに遠慮することはない。好きなところへ、どこだって出て行って構わないんだ」

「洋子、どうするの」

部屋に帰るなり静香が言いました。

「ここを出ていくの」

「出て行かないわ」

私は怒ったように青筋を立てて言いました。

「貴女も頑固ね。こんなところにいつまでいたって仕様がないと私は思うわ。貴女もあんまり利口じゃないいわね」

「そうね。思ったより利口じゃないみたい。こうなったら余計出て行かないわ」

「どうして、親方さんだって出て行っても構わないって言ってるじゃない。今がチャンスよ」

「貴女は人の気持ちが分からないの」

「私は豚ですからね。人の気持ちなんて分からないわ」

「だから貴女は人間になれなかったのよ。人の心の痛さ悲しさが理解出来ないうちはいつまで経っても豚のままね」

私は言ってしまってから、少し言い過ぎたと反省しました。人間である私だって静香同様に、親方の気持ちが分かっているかどうかあやしいし、人の気持ちが分かるなんて偉そうなことは言えません。人の恰好をしているだけで、静香と同じように豚の血が流れています。

「ああ、私達ってどうしてこうついていないの」

静香が溜息まじりに言いました。

「貴女は結婚までしたくせに。贅沢は言えないわ」

「幸福な結婚ならね。あんなの結婚じゃないわ。ただのままごとじゃないの。結婚してすぐ亭主に逃げられたんだもの。とんだお笑い草だわ。真似事をしただけよ」

「貴女は結婚出来ただけでもましよ。私なんか恋をしたこともないもの。人間になったら素敵な人が目の前に現われて、美しい恋が出来て、毎日楽しく暮らせると思っていたわ。貴女の前で、愚痴はこぼしたくないけれど、人間になるんじゃなかったと後悔しているの」

「後悔しているんだったら止めたらいいのよ」

「そうね。豚の頃は人間の方が素敵だと思っていたわ。人間になったら豚の方がましだと思ったわ。隣の花が美しく見えるのと一緒ね。要するに、人間だの豚だのと思う以前の問題なんだわ。人間だろうが豚だろうが、心のあり様なんだわ」

「貴女は難しいことを言うから厭よ。私にはそんな哲学的なことは分からないし、考えないことにしているの。厭なら首を振るだけなんだから」

静香はそう言いながらお菓子を囓りました。この愛すべき親友は何か食べている時が一番幸福そうに見えました。常に腹を満腹状態にしていなければならないのです。お腹が減ってくると涙が出そうになる程不幸になり、お腹がふくれてくると、目の前が薔薇色になったように幸福に包まれるのです。

「ここを出て行くとしても、その前にしなくちゃならないことがあるわ」

「西瓜でもかついで逃げるの」

静香は精一杯頭を働かせて茶化しました。私は脱線した頭につきあわないで、

「世話になったら恩義を返さなけりゃならないのよ」

と言いました。

「それはまあ殊勝なことだわね。大変素晴らしくて感動することだけれど、はっきり言っ

ときますけれど、私は御免ですからね。私は豚だから、面の皮も厚いし神経も鈍いから、そんな恩義なんて感じたこともないね。ましてお礼をするなんて真っ平よ」

「やっと貴女の本性を見ることが出来たわ。貴女はそうやって自分のことばかり考えるから、健次も愛想をつかしたのね。分かるような気がするわ」

「それは言わないで頂戴。折角忘れかけていたのに。又苦い思い出を私の目の前に焼き付けようとするのね。そう言えば私がしょげるとでも思ってるんでしょう」

「そうね。ひとの弱点をつくのは感心したやり方じゃないわね。私はただやりたいことをやりたいと言ってるだけ。貴女が反対だったら、貴女は貴女の好きなようにすればいい。私達はもうお別れね」

「お別れ。悲しいことを言うのね」

「だって仕方がないわ。私が人間になった時、私はもう豚と訣別したと思っていた。いつまでも貴女やそれから私の心の中にある豚を追い出そうとしていたわ。いずれ私と貴女とは別れる日が来るわ。遅かれ早かれそういう日がね」

「もし来たとしても、私は一日でも遅い方がいいわ。貴女は何を思っているか知らないけれど、私はずっと一緒よ。貴女と一緒だからね」

時間というものは残酷で無常なものです。自然は天地の中にすっぽりと埋まるようにおさまっていて、そこにじっとしたまま恒久に動きません。生物だけが時の流れに身をまかせるように老いて行きます。、

一週間が過ぎてあの村長が又牧場にやって来ました。静香は長閑な日溜まりの中で気持ちよさそうに昼寝をしていました。通り路の真中で、大きな図体をごろんと転がすようにして寝ていました。静香はちょっといい夢を、豚だって失礼な、夢を見ます。

静香がどんな夢を見ていたか分かりませんが、大体の想像はつきます。お菓子の家へ入り込んで、ぱくぱくと手当り次第囓っているか、そうでなかったら、健次のようなちょっといい豚に色目を使っている、多分そんな夢の真最中でした。

ぎゃふんと静香は腹の真中を靴で踏んづけられて目が覚めました。犬ならきゃんきゃんと尾を振って鳴き叫びます。静香はもう一つ高い声で、笛を吹くように啼いてから、この馬鹿野郎、どこ見て歩いてるんだ、気をつけろと、まるで男言葉で怒鳴りましたが、村長の耳には馬耳東風でした。

「まったく頭にくるったらありゃしない」

静香はぶつぶつ言いながら私の部屋に入って来ました。

「どうしたの。又転んだの。それとも溝へはまったの」

私はどじな静香の失敗を数々見て来ましたから、千里眼を働かせて了解するように言いました。静香は昼寝の邪魔をされた怨念をぶつけるように告げました。

「例の男が来てるよ」

「知ってるわ。車の音がしたでしょう」

「私のお腹をわざと踏んづけて行くんだよ」

「貴女が道の真中で寝てるからいけないのよ」

「だって踏んで行かなくたっていいじゃないの」

「貴女はここで傷の手当てでもしていなさい。私は心配だからちょっくら覗いて来るわ」

「何だか面白そう。私も行くわ」

「貴女は来なくていいの」

「そう言われると連いて行きたくなるのよ」

「じゃいらっしゃい」

「そうこなくっちゃ」

「やっぱり貴女は最初から自分のいい方に取るのね。勝手な天の邪鬼ね」

「何でもいいから。早くしないと帰っちゃうよ」

私と静香は部屋を出て小走りに駆けて行きました。愚図な静香は途中で三度も転倒してふうふう連いて来ました。

私と静香がひびだらけの硝子戸を開けて親方の家の中へ入ると、親方と村長の激しい口論が展開されていました。

「もうこれ以上人の言うことを聞かなけりゃ、どんな目にあっても責任は持てないな」

村長は半ば脅迫するような口調でした。眉は吊りあがり、鼻の穴はふくれ、厚い唇は小刻みに震えていました。親方がすっかりしおれて、両手を付きお辞儀を繰り返していました。その後に奥さんも膝を折ったまま小さくなっていました。

「待って頂戴。親方も奥さんも一生懸命頼んでいるのに、あんまりじゃない」

私はつかつかと背の低い男の前に近寄りながら大きな声を出しました。

「出しゃばりの小娘が又現われおったな。それに馬鹿顔をした豚も一緒じゃないか。お前達はいつも一緒だな」

「大きなお世話だわ」

静香が私の耳元で言いました。静香が啖呵を切っても相手にされないのでお手あげです。

「お前達は逃げもしないでまだいたんだな。いくら頑張ってもこの牧場は終わりだ。潰れてしまうんだよ。だからこの前来た時言っただろう。早くここを出て行かなくちゃ損をする。人の言うことは素直に聞くもんだよ」

「この牧場はなくなりはしないわ」

「まだそんな寝言みたいなことを言っているのかね。この牧場は借金だらけでどうにもならなくなっているんだ。いずれここにゴルフ場が出来る。こんな小さな牧場よりもゴルフ場を造った方が役に立つだろう。もうそろそろ工事にかからなくっちゃな。お前達がいたんじゃ邪魔なんだ」

村長は勝ち誇ったように悠然と構え、得意の演説口調で言いました。

「私達は最後まで戦うわ」

「ほお、どうやって。君達に果たして勝ち目があるのかね。この豚に頼んで小判でも掘り当てるかね」

村長は痩せぎすの秘書と一緒になって冷笑しました。

「いいことを訊いた。その手があったのね」

「本気にしているのかい。こりゃ面白い。出来るものならやってもらおう」

「誰もそんなこと言ってやしないわ。ところで村長さんは賭けは好きかしら」

「賭けだと。小娘のくせに大人を侮辱すると許さんぞ」

「侮辱なんてしていないわ。ただ好きかどうか訊いているだけよ。そんなに怒るところを見ると嫌いじゃないらしいわね」

「それがどうした」

「もし好きなら賭けをしてみない。もし私達が負けたら潔くここを出て行くわ」

「そりゃ面白そうだ」

村長は乗り気でした。秘書が心配そうに窘めたけれど、村長はすっかりその気になっていました。

「洋子、気でも狂ったんじゃないの。こんな大事な時に賭けなんて、貴女らしくもないわ」

静香が心配顔で私に囁きました。

「ところでどんな賭けをするのかね」

村長が涎でも流さんばかりに、でれっとした顔で言いました。

「そうね、急な話なので私もそこまで考えていなかったわ。とびっきり面白くて、手に汗握るような賭けはないかしら」

私がこう話に水をむけると、すっかりその気の村長は、自分の役職もそれから自分がここへ何しに来たかという目的も忘れて、没頭するように考え込みました。

「わしにいい案がある」

急に思い出したように村長が言いました。

「いい案なら是非お伺いしたいものね」

「君はいつもその小汚い豚をペットにして飼っているようだが、その豚を使ってみたらどうかな」

それは面白いと手を打って喜んだけれど、静香の顔を見るとぶすっとしていました。その顔を見ると私の喜びも半減しました。

「豚で一体何をするの」

「決まってる。レースをするんだ」

「レースですって」

「そう驚かんでもいい。言い出したのはそっちだからな。今更逃げるなんて言わせないからな。腕に自慢の、いや足かな、体かな、何でも構わん。とにかく豚という豚を集めて一大レースを行うんだ。そのレースに君の飼っている出来損ないで変てこな豚が見事優勝でもしたら、わしはこの牧場を諦めよう。その代わり、君の、そののろまでぐうたらな豚が勝てなかったら、この牧場からすみやかに出て言ってもらおう。どうかな」

村長はすでに勝ち誇ったように、鼻の下の髭をさすりながら高笑いしました。秘書も一緒になって。この痩せて陰険そうな秘書は薄気味の悪い笑みを洩らしました。

「いいわ。その代わり絶対約束は守ってくれるわね。その約束を守るっていう約束を守ってもらわなければならないわ」

「念が入ってるんだな。よろしい、わしも村長だ。君のすべての約束を守ることにしよう。だがそれは君達が勝つという条件を忘れんでもらいたい」

「分かってるわ」

「先が楽しみになって来た。日時は追って決めることにしよう。わしは平等の精神を大事にする人間だ。今日、明日じゃその豚を鍛えることも出来まいから、たっぷり時間はとってやろう。何なら一カ月先でも構わんよ」

村長が帰ってから静香を宥めるのが大変でした。私は村長と勝手に妙な約束をしてしまったことを親方に侘びました。すべて成行きでこうなってしまったのです。あの時どうすればよかったのか、頭へ血がのぼってかっとなった私は判断することが出来ず、村長の策略にはまってしまいました。冷静になって考えると、しまったと後悔するばかりです。

「いいよ。どうせ追い出されて行くんだから。追い出される前に、一矢を報いたい。そう思っていたんだからな」

　親方が言いました。

「そうね。これも仕様がないわね。私達が悪いんだもの。かえって貴女達に迷惑をかけてしまったわね」

　親方の奥さんが申し訳なさそうに言いました。

「後は君達に頑張ってもらう他はないね、だって」

　と静香は親方の声色を使って言ってから、

「貴女もよくあんなことが言えたわね」

　と唾を飛ばすような勢いで付け加えました。すぐかっとなる静香はもうかんかんで、私の部屋に戻ってくるなり、当たり散らしました。

「そんなに怒らないで」

「これが怒らずにいられますか。私のどこがのろまで出来損ないなのよ」

「それは私が言ったんじゃないわ」

「レースをやるですって。それに私が出場するの。いつ私がそんなレースに出るって言った。私は出ませんからね」

「それは謝るわ。だってあの時ああ言う他なかったんだもの。その代わり、ここを出て行かないですむかもしれないじゃない」

「それはよかったわね。でも私はちっともよかないわ。私にまさかそんなレースに出て頂戴って言うんじゃないでしょうね」

「そのつもりよ」

「ああ、やっぱり。貴女って人はやっぱり私の思ってた通りだった。一緒にいるべきじゃなかった。早く別れていればよかった。今更後悔しても遅いけれど、こうなったら、私は最後まで私のプライドを守るわ。これだけははっきり言っておくけれど、私はそんなレースに出ませんからね。貴女が頭を何回、いや何十回、何百回下げて見せても厭ですからね」

　静香はこう言ってぷいと横を向いてしまいました。

「貴女の意志は相当固そうね。いくら頼んでも無駄みたいね。困ったわね。村長とあんなにしっかり約束してしまったのに、今更卑怯な真似は出来ないわ。もし断ったら私達が、いや豚全体の笑い者になるわね。どうしたらいいかしら」

「私に言っても知らないわ。自分でよく考えたら。自分で蒔いた種なんだから」

「貴女に言われなくても、そうしてるわ。さっきから考えをめぐらしているんだから邪魔しないで。貴女が素直に言うことをきいてくれたら、こんなに悩まなくても考えなくてもすんだのに。貴女は自分のことばかりで頭が一杯なのね。貴女は自分のことだけしか考えられないの。友達の苦しみも、それから世話になった人達の苦しみを少しでも助けよう、そんな考えがまったくないのね」

「私は豚ですからね。人情に溺れたり流されたりしないの。誰かさんのように、すぐお調子に乗っていい子になりたいなんて少しも思わないわ」

静香はつんとしてとりつくしまがありませんでした。こんな時何を言っても無駄なので諦めるより仕方ありません。時間をかけてじっくり話しあえば、静香だってきっと分かってくれるに違いありません。

私は膝を折って、胸で十字を切る恰好をしました。すると静香も一緒になってかがみ込んで、

「何をお祈りしているの」

と訊きました。私はすかさず、

「豚の妖精にお願いしているの」

と目を閉じたまま答えました。

「貴女はまだそんな夢を描いているの」

「夢じゃないわ。私が悪かったと猛省しているの。貴女のいうように私はひどい人間だわ。私は楽をして、貴女ばっかりに苦しくてつらい役目を押しつけて、貴女が怒るのも無理ないんだわ。私が豚だったら解決するのよ。豚の妖精にもう一度お願いして、元の姿に戻してもらうわ。そして私がそのレースに出場するわ」

私はやや芝居じみた声を出し、ありったけの感情をこめて言いました。私の誠意や熱意は本物で、決して偽りでないことをどうかして静香に伝えたかったけれど、これぱかりは以心伝心というわけにはいきませんでした。

「その、貴女がおっしゃる豚の妖精はどこに御出現遊ばすのかしら」

静香は私の言うことをまるで信じていないという素振りで言いました。その口ぶりは上の空でした。

「貴女は本物の豚の癖に、豚の妖精を馬鹿にしているのね。今に罰が当たるわよ」

私はいまいましくて唇をかみしめました。

「それじゃ貴女は罰が当たって人間になったのかしら。人間になって悲しみや苦しみを背負わせて貰ったのかしら。そのかよわい背中に抱えきれないほどにね」

静香の言うことはいちいち刺があって、私の胸はちくちく痛みました。けれども静香の言う通りなのかもしれないのです。人間になればいい事がある。幸福がある。悦びがある。そんな舞いあがった気持ちが私にあったかもしれません。豚だった私は、人間の世の中を節穴から覗いて羨望していました。

人間は明るくて希望に満ち、その顔から笑いが絶えません。笑顔を見ているだけで何だか楽しそうです。私も人間になって、太陽のような明るい世界へ飛び出して行きたかったのです。歌ったり踊ったりしたかったのです。

それなのに、私が人間になったのは罰が当たったのだと静香に言われてみると、さすがの私もショックで暗い気持ちになりました。こんな筈ではなかったのだと思いました。だって私はいつの間にか、自分で気付かずにいけすかない人間になっていました。

「豚の妖精はこんな大事な時に、一体どこへ行ってしまったのかしら」

私は天を仰ぐように言いました。私の心の中にはいつでも豚の妖精がいました。私が一生懸命心の中で念じれば、豚の妖精はどんな時でも快く姿を現して、私の悩みを聞いてくれたのです。

「駄目だわ」

私はすっかり失望してそう言うとがっくり肩を落としました。

「貴女は多分自分の心を胡麻化しているのだわ。正直じゃないのね。貴女は本心から豚に戻りたいと思っていないのだわ。もし本心からそう思っているのだったら、豚の妖精はきっと現われる筈よ。そして貴女をものの見事に豚に戻してしまう筈だわ」

「今日の貴女はなかなか冴えているわね。豚の妖精が私の目の前に現われないのは、私のせいではないわ。だって私が人間になれたのも、そして豚に戻れないのも、すべて私の意志ではどうすることも出来ないんですもの。そう都合よく私の思い通り、人間になったり豚になったり出来ないものね。いくら何でもそんな魔法は使えないわ。だから貴女にもう一度お願いするしかないわ」

私は静香に懺悔するように頭を下げました。静香の態度が少しでも軟化するか期待していたけれど同じでした。

「厭よ。誘導尋問にはひっかからないわ。諦めなさい。諦めてどこか他の土地へ行けばいいじゃない。大きな牧場なんて嘘っぱちのこんな所にいつまでもこだわることなんかないわ。もっと他にいい所があるかもしれないじゃない。夢見る洋子は、どうなってしまったの」

「私はもう豚じゃない。人間なの。人間として悩んでいるの。だから親方や奥さん、まして子供を見捨ててなんか行けないわ」

「人間って、案外つまらない生物なのね」

静香の言い方には実感がこもっていました。

「そうよ、人間って一筋縄ではいかないものなのよ」

「やっぱり私は人間にならずによかったのね。豚のままでよかったんだわ」

静香は自分に言い聞かせるように呟きました。

「ところで静香、貴女はあの時のことを忘れてやしないでしょうね」

突然私が思い出したように話題を転じて言ったので、静香も胸に不吉な予感が走ったのか、どきっと体を震わせて、

「あの時のことって、何よ」

と挑戦的に答えました。

「私は忘れてしまったわ。でも時々思い出すことがあるんだなあ。貴女は二人の男に首に

縄をかけられて連れて行かれようとしていたわね。もしあの時私がいなかったら、貴女はあのまま処刑台の階段を一歩一歩登っていたわね」

「何よ、何が言いたいの」

「だから私は忘れてしまったと言ってるでしょう。私は恩に着せるつもりなんかこれっぽちもないのよ。だけど、人間だろうと豚だろうと、命の恩人を忘れていい法はないと思うの」

「もうそれ以上言わないで。貴女の言いたいことは分かってるんだから。それでも言いたいというんなら言いなさい。私は耳を塞ぎ口を塞ぐから」

そう言って静香は小さな耳に短い足で耳の穴を塞ぐ恰好をしました。

「貴女は私といる限り、恩人という紋章を拭い去ることは出来ないのよ。それだけは忘れないでね」

私は耳を塞いだ静香に勝ち誇ったように言いました。牛に烙印を押すのと同じように、それは決して消えることはありません。

「分かった。分かったわ。それを言われると私の負けね。この静香様もとんだ汚点を残したものね。それが唯一の弱点ね。でもいくら弱みを握られているからといって、ぺこぺこ頭を下げてばかりいては癪だわ。交換条件というのはどうかしら」

　苦肉の策なのか、静香は土俵際でこらえて逆襲に出て来ました。

「条件。今更どんな条件か聞きたくないとそっぽを向いてしまったら身もふたもないわね。どんな条件なのか言って御覧なさい。聞いてあげましょう」

「そうこなくっちゃ張りあいがないわ。まず第一に、食べ物に不自由させないこと」

「不自由させたことがあるかしら」

　私が首を傾けて返答すると、静香は目を釣りあげて、あることないことを暴露し始めました。

「白を切っても駄目よ。私が甘い物に目がないことを知ってる癖に、貴女は私に食べさせたことがないじゃない。甘い物を食べると虫歯になるとか体に毒だとか、揚句の果てが豚の分際で贅沢だとか言って、食べさせてくれなかったでしょう。私が立てないことを知ってるから、私の手の届かない棚の上にいつも隠してあるじゃない」

「何でもよく知っているのね。それじゃこれから気をつけるわ。何でも好きな物を、食べたい時に食べなさい。そして今以上にぶくぶく太って動けなくて、ごろごろ横になってたらいいんだわ」

「それからもう一つ」

「まだあるの」

「当たり前じゃない」

「それを人の足元を見るって言うのよ。一番よくない行為で、してはいけないいんだけれどね」

「私は豚だから平気よ。貴女はそうやっていちいち私に逆らうでしょう。これからは立場は逆で、もっと慎んで欲しいわ。貴女は私の言うことを何でも訊くのよ」

「つまり、私に貴女の奴隷になれというの」

私は少しむっとし、頬をふくらませました。

「さすが知恵のある人間ね。物分かりがいいじゃない」

「貴女の奴隷なんか厭よ」

「そう厭なの。厭なら厭でいいのよ。私だってとんでもないレースに出るのなんか厭なんだから、いつやめてもいいのよ」

「分かったわ。貴女の言う通りにすればいいのね」

「最初から素直になればいいのに。その調子よ」

私は、はらわたが煮えくり返っていましたが、これ以上、有頂天にならないように冷水を浴びせました。

「後もう一ついいかしら」

「まだあるの。いい加減にしたら」

「ものはついでだし、三つのお願いという歌があるでしょう」

「そんな歌があったかしら」

「なかったらこしらえたらいいの。三つの方が区切りがいいし、もう一つ訊いて貰えないかしら」

「これでおしまいなら訊いてあげてもいいわ」

「勿論これで最後よ。いくら私が豚でもそれぐらいの分別はつくし、それほどずうずうしくもないわ。三つ目は笑わないで訊いて欲しいんだけれど、健次に逃げられたなんて公の場で言って欲しくないの」

「私はそんなこと言った覚えはないわ。変な心配をするのね」

「貴女はお喋りだから心配なの。私のプライドを傷つけないで欲しいの」

「分かったわ」

約束が成立すると、翌日から静香の特訓を始めましたが、静香はどちらかというとおっとりしていてお嬢さんだから、敏捷性に欠け、加えて運動音痴なので、果たして使い物になるか行末が心配でなりません。

そこへ忘れていた村長が黒くて大きな豚を連れてやって来ました。豚というより猪のように鼻息が荒く、精悍な顔つきをしていました。村長はその豚に早くも雷電という強そうな名前をつけて、私達に見せびらかせました。

「いやこの豚を見つけるのに苦労した。苦労したが苦労した甲斐があったというもんだ。今日訪ねて来たのは他でもない。この豚を披露する目的もあったが、それよりも競技の方法や日取りを早く決めなければいかんからな」

そういう村長の表情は余裕があって、顔が自然とほころび目尻も下がっていました。この雷電を見たら、勝負しなくても勝負あったという感じです。どう贔屓目に見ても、静香が叶う相手ではありません。

雷電はさっきから目をむいて一点を凝視したまま仏頂面をしていました。静香が思いあまって雷電にウインクしました。しかし彼は微動だにしません。静香の色気も雷電に通用しないとなると、いよいよ戦わずして敗色が一層色濃くなるばかりです。

村長は秋にこの大会を祭りの目玉として開催したい様子でした。村の年中行事として盛りあげたいのだと、今から大張り切りで力説しました。

「わしはこれほど考えをしぼったことがない。おかげで自分でも驚くほど知恵が浮かんで来た。我ながら見事なもんだ。わしの構想を聞くと君達も多分おったまげるだろう。前代未聞の企画として大威張り出来るわい」

小ぶとりした村長の図体が少しずつ蝦のように後ろへそっくり返りました。

「村長さん、勿体振らないで早く教えて下さらない」

「おおそうじゃった。一刻も早く訊きたい気持ちは分からんでもないが、そう年寄りをせかすもんじゃない。一回こっきりしか言わないから神経を集中させて聞いて貰いたい。わしは君達と約束して帰ってからつくづく考えた。豚を競走させるなど大人気ないし、村中の笑い者にされんかと、それはかり心配じゃったが、それは全くの杞憂と言ってよかった。他のところでは犬を喧嘩させたり、牛を喧嘩させたりするところがあるくらいだから、豚を走らせるのも悪くはない。これが成功したら、いや是非成功させなければならんのだが、その前に君達に感謝しなければならない。瓢箪から駒かもしれんが、もしここで君達に出会わなかったら、豚の競走なんて思いもしなかったからな。わしはただの借金とりの因業爺々の村長として、末代までの恥辱を残すところだった。わしも村長として一度口に出したことはひっこめるつもりは毛頭ない。君達がこの大会に出場し、わしの雷電号に勝って優勝した暁には、わしはきっぱりとこの牧場から手を引こう。手を引くどころか、君達が困っているなら、融資もするし尽力も惜しまないつもりだ。その代わり、わしの雷電号に勝てなくて惨敗したら、約束通りこの牧場から出て行って貰いたい。何も言わずにな。つまらん話はこれくらいにして、大会の件だが、君達の意見もあるだろうが、ここはわしの顔を立てて貰えまいか。そうか立ててくれるか。すぐ了解してくれてひとまず礼を述べるが、大会は奇抜なものほど面白いし期待も高まる。最初はただの障害物競走にしようと思っていたが、やっぱりただの、普通のそれでは面白くない。何か一工夫しなければ意味がない。そこでわしは障害物競走の中でも世界一長いものにしようと考えた」

「世界一長い障害物競走ですって。何だか面白そうね。でもすごくしんどそうね」

私は静香が言うべき感想を代弁するように言いました。それを聞いて村長は満足そうな顔を惜し気もなく、顔の表情に現わしました。

「どうだ。わくわくするだろう」

「でも、今ひとつぴんとこないわ。世界一の障害物競走って一体何なの」

「わしはそれをマラソン障害物競走と名づけたんじゃ」

「マラソン障害物競走ね。長くて舌を噛みそうだけれど、そう悪くはないわね」

「君達も気に入ってくれたかね。気に入ってくれるとわしは思っていた」

「でもその障害物競走の内容を聞かなければ、本当に感心出来ないわ」

「多分そう訊くだろうと、わしは予想していた。さっきも言ったじゃないか。年寄りをあんまりせかすもんじゃない。楽しみはゆっくりと後に取っておくもんだ。ところで君は障害物競走は知っているね」

「知っているわ」

「知っているのなら手間が省ける。君の知っている障害物競走はどういうものかね」

「口では説明出来ないわ」

「そうか。それもそうだ。しかし君はつまりこう言いたいんだろう。小さな輪をくぐったり、せまい板の上を歩いたり、両足を縛って走ったり、そういうことを言いたい訳だ」

私は相槌を打つように頷いていました。

「でもそれは簡単そうね」

「だからわしは色んな仕掛けを考えた。泥んこになったり、水の中を泳いだり、穴の中に落っこちたり、迷路に入ったり、これ以上は言わないがまあこんなところだ。どうだ少しは驚いたし肝を冷やしただろう」

村長が言い終わると、黙って大人しく控えていた静香が、口を開けて騒ぎました。

「とんでもない。そんな障害物競走なんて御免だわ。私は棄権するわよ」

しかし悲しい哉、静香がどんなに喚こうが叫ぼうが籠の鳥です。言葉という障害が乗り越えることの出来ない壁となって横たわっています。村長は静香が何を言ってうろたえているのか知る術もありません。

暑い日が連日続いています。こういう日は木陰に入って日向を避け、昼寝をするのが一番です。私も静香も昨年まではこういう夏の日を過ごしていました。水浴びも気持ちがよくて悪くありませんが、日に焼けるのが欠点です。私達の皮膚は非常に敏感ですから、一日中陽の中にいると真黒に日焼けしてしまいます。日焼けして炭のように真黒になった豚など、人間は健康などと称賛していますが、私達は幻滅です。それに大きな声では言えませんが、豚は木登りも駄目だし、泳ぐことも出来ません。

豚の体型を考えただけで、豚が泳げないことが容易に想像されるでしょう。どぼんと水の中に飛び込んだら最後、浮力も何もあったもんではありません。石のようにひたすら水の中へ沈んでいくばかりで、一向に浮いてきません。

考えてみると私達は怠惰な生活を送っていたようです。肥えるのが美徳だという固執した考えを長年にわたって培って来ました。痩せるという概念は、頭の片隅にも見つかりません。痩せれば体が動き易くなるというのに、そういう努力すらしなかったのです。

美しくなりたい、少しでも美形でありたいと願っていた静香でさえ、肥満が豚の女神であると信奉していました。動けなくなるまで太るという愚かしい努力を、今まで励行して来たのです。おかげで静香はころころと太り、歩くという動作さえ緩慢になり、転がった方が早いと言われる程になっています。

それでも静香は汗をかき運動して痩せる努力をするよりも、動かずにぱくぱくと好餌を貪り食うといった有様です。

「貴女はよもや私が提示した三つの条件を忘れてやしないでしょうね」

「勿論ちゃんと覚えているわ」

「そうかしら。もし忘れずに覚えているなら、私にそんな仕打ちが出来ない筈よ。いいこと、貴女は残念ながら脇役で、あくまで私が主役なのよ。それをちゃんと忘れないでね」

「分かってるわ。貴女は女王様で、私はただの召使いね。女王様の言うことは、召使いならはいはいと何でも聞かなければならないわ。しかしその女王様も、女王様の役目をちゃんと果たして貰わなければならないわ。そのために召使いである私が監視しているのよ。それを貴女も忘れないで欲しいの」

「私が今何を考えているか貴女に分かるかしら」

「勿論よ」

「じゃ言ってみなさい。これは女王様としての命令よ」

静香はもう自分が女王様になったような気分でいました。静香はお調子者だからすぐに感化され易いのです。私も仕方なしに静香のお芝居につきあうことにしました。

「貴女、いいえ女王様のお考えになるのは、ただ一つしかございません。女王様はきっと目の前にある、世界に類を見ない料理を召しあがりたいと思っているのでしょう」

「お話にならないわね。私は後悔でこの小さな胸を痛めているのよ」

「と申しますと」

「お前となんか、つまらない約束をするんじゃなかったとね。不覚だったわ。一生一代の大失敗だったわ。お前とあんな約束をしたばかりに、私はマラソン障害物競走などという訳の分からない余興に出場する羽目になったし、おまけにこんなしんどい練習はやらされるし、さんざんだわ。もうこんなことはやめにしない。木の陰で涼しい風を受けながら横になりましょう。その方がずっと楽だし、ロマンチックじゃないの」

「貴女はやっぱり飽き性ね。こらえ性がないんだから。こんなことで弱音を吐いていたらどうするの。明日からもっと厳しい訓練が待っているのよ」

私がこう言って威かすと、静香は目を三角にしました。

「もう駄目。冗談じゃないわ。どうして私だけがこんなしんどい目に会わなければならないの。貴女は何も考えないで村長の言うことをう呑みにするからいけないのよ。ちいっとは責任を感じなさい。あの時貴女が反対して、パン食い競走にでもしていれば、私の才能を発揮することが出来たのよ。それこそ優勝も夢ではなかったわ」

静香はこう言いながらすでに白旗をかかげていました。

「文句を言う暇や元気があったら立ちあがってもう一度走ったらいかがかしら。何なら貴女のお気に召す特別のメニューをこしらえてもいいのよ」

「それは親切なことですね。有難く感謝するけれど、もし貴女に私を思う心がほんの一かけらでもあったら、もう暫く私をひとりでそっとして欲しいわ。私は朝から貴女に尻を叩かれ走り続けているのよ。その間水だけしか飲ませて貰わないでね。私にとってこの一週間は地獄に等しかったわ。私の言うことが大袈裟だと言って一笑に付すなら、一日、いや一時間でも私と代われば、私の言うことが分かって貰えるわ。どうして私だけがこんな苦しい目に会わなけりゃならないのかしら」

静香は今にも泣き出さんばかりに言いました。私と静香はこんな口論にも等しいやりとりをしながら朝から晩まで走り続けました。体力はまず走ることから身につけなければならないからです。親方達も声援を送って私達を見ていました。

「洋子、貴女の言っていた豚の妖精はどうなった。まだ見つからないの」

静香がたまりかねたように言いました。

「妖精も貴女と一緒で卑しいから、食い物をあさっているんでしょう。道草を食って迷児になっているんだわ」

「私のために早く見つけてよ」

「そうするわ」

「でないと、このままでは私死んでしまうわ。いいえ、死んだ方がずっとましだわ」

静香は苦衷を搾り出すような言い方をしました。

「死んだ気になれば何だってやれることを貴女は学んだ筈よ」

「たしかにそうかもしれないわ。肉体に鞭打たれ、精神に釘を打ち込まれたんですもの。こんなことをやって何になるのかしら。こんなことをして勝てるとはどうしても思えないわ」

「でも努力すれば自と結果は出てくるものよ。努力なしで栄光は得られないわ」

「私は栄光なんて欲しくない。栄光よりも、ふかふかの白いご飯が腹一杯食べられればそれでいいわ」

私は欲のない単純で無垢な静香を、更に地獄の底へと追いやるような考えを浮かべました。静香の首に縄をつけ馬に引っ張らせようというのです。これを聞いた静香は、さすがに顔を青ざめ尻込みしました。静香は体を激しく動かして抵抗しました。注射を厭がる子供のように叫喚しました。

「こんなことをして本気かい。のびちゃうよ」

かつては暴れ馬で今では私の親友になった歯の欠けた馬が分別臭く言いました。

「洋子、気が狂ったんじゃないの」

静香が私を罵倒するのも意に介さず、私は颯爽と馬上の人となり、馬の尻に鞭を当てました。馬は遠慮して歩くように駆け出しました。私が更に鞭を当てると、やがて馬も大地の土を蹴りあげながら速度を増して行きました。縄がぴいんと張り、静香を引きずり始めました。

私は馬の背で首を回転するように振り向きながら、

「静香、走るのよ。馬に負けないぐらい走るのよ」

と大声で叱咤していました。静香はそれに応えるように歯を食いしばり、懸命に力走していましたが、馬の足に勝てる道理はありません。静香はすぐに足をとられ転倒して、腹を地面にこすられながら体をあずけました。

「助けて、人殺し。鬼」

断末魔にも似た悲鳴が聞こえたので、私はすぐ馬の手綱をたぐって馬を制止させました。馬から飛び降りて、昏倒したままの静香のところへ駆け寄って行くと、静香は仰向けになったまま気絶していました。ふくよかな頬を三度ばかり強く叩くと、静香はふと我に返り、恨めしそうな目で私を睨みました。

「これこそ究極の残酷物語ね。これ以上やったら、私は世界中の博愛主義者に訴えてやるわ」

「ちょっとやり過ぎたかもしれないけれど、貴女にとっては試練なのよ」

私は静香を刺激しないようにおだやかな調子で言いました。

「もう心臓が飛び出しそう。もし私の心臓が飛び出したら、言い聞かせてくれない」

静香ははあはあと今にも絶えそうな息を吐きながら言いました。これぐらいでへこたれていてはとても優勝など覚つきません。もっとやらねばならぬことが沢山あります。走るのはそのほんの小手調べで、階段を一段登ったに過ぎません。

困難は波のように間断もなく押し寄せて来ます。それを克己しなければならないのです。走ることが出来れば木登りも経験しなければなりません。逆立ちや空中回転、泳いだり潜水したり、やることは一杯あるし、それをひと通り会得しなければなりません。

匙はもう投げられました。やめたと言ってその匙を放り捨てることは簡単です。いつでも誰にでも出来ます。人生は果敢な挑戦で、出来ないことに立ち向かっていくのも一つの夢です。

「君達が私達のために頑張ってくれるのは有難いが、決して無理をしちゃいかんよ。勝つことも大事だし嬉しいが、君達の方がもっと大事だからね。君達の練習は日増しに激しくなっているようじゃないか。あれじゃ君の友達があんまり可哀想でね」

親方が心配そうに私に言いました。

「大丈夫よ。心配はいらないわ」

私は虚勢を張って答えました。

「それならいいんだけれど。ところで君の友達はどうしているんだい。君の友達を励ますために、心ばかりの御馳走をつくってあるんだ」

「それを聞いたら静香は喜ぶわ。今すぐ呼んで来るわ」

静香の好きなチーズケーキを奥さんが静香のためにわざわざこしらえてくれました。それを聞くと静香は相好を崩して喜ぶに違いありません。静香のことですから、歓喜の雄たけびをあげ雀躍りするかもしれません。しかしこういう時に限って肝腎の静香の姿が見当たりませんでした。

私は一瞬胸に不吉なものが宿りました。静香が私を裏切ったのではないかという思いでした。まさか静香に限って、私に黙ってここを出て行くことはありません。あの静香に限ってと思ってみるものの、どこか疑心暗鬼の影が走って私を不安に駆りたてました。私は静香につらく当たり過ぎたかもしれません。静香は苦しみ喘ぎながらも、連日の特訓に根をあげることもなくついて来てくれました。静香の根性を見直したぐらいです。その静香が出奔する筈はない。厭なら厭で、私に一言声をかける筈だし、私と静香の仲は昨日や今日の仲ではありません。血を分けた姉妹よりも契りは堅いのです。豚だった頃の竹馬の友であり無二の親友です。その静香が私を裏切り、私の顔に泥を塗る筈はありません。

私は不安な思いを打ち消すように牧場内を捜し回りました。仮病を使い隠れてよく昼寝をしていた納屋の中や、静香の立ち回りそうな場所を丹念に捜したけれど、静香の姿はどこにも見当たりませんでした。

思い余って私は豚小屋を覗きに行きました。ここでは静香の他に数匹の豚が飼育されています。それぞれ特徴のある個性的な豚ばかりです。

「ちょっとお尋ねしますが、静香を見かけませんでしたか」

私はおしゃべり好きで噂ばかりしている顔見知りの小母さんに声をかけました。この小母さんはあちこちを渡り歩いた末にここの親方に連れて来られ、ここに安住の地を見つけました。

「静香っていうと、あのつんとすましたおしゃれで気取り屋のことかい」

小母さんがこう言ったので、私はとりなすことも出来ず、

「そうです。多分その静香のことだわ」

と答えていました。

「その娘だったら今日は見かけないね。この頃どうしたんだろうと、みんなで言ってたと

ころだったんだよ」

「そうですか。どうもお手数をかけました。他の所を捜してみます」

そう言って私がその場を離れようとすると、ちょいとお待ちと小母さんが私を引き止めて、

「訊きたいことがあるんだけれど、鬼の面を被った人間というのはあんたのことかい」

と失礼なことを言いました。

「さあ誰のことかしら。狼の面を被った人間はよく知っているけれど、鬼の面を被った人間は見たこともないし、よく知らないわ」

私がそう返事すると、この小母さんはふんと鼻をふくらませ、その鼻息で嘲笑しながら、

「よく言うよ。あたしは何もかも知ってるんだからね。あんたは静香って娘をしごいているそうじゃないか。可哀想に静香って娘は、一人になると泣いているそうだよ。ひょっとしてここから逃げ出したんじゃないかね」

と言いました。

「そんなことないわ」

「あたしには関係ないけれど、老婆心ながらあんたに忠告するんだけれど、あたしだって

豚だからね。豚をあんまり苛めて貰いたくないわね。どんな理由があろうともね。理由は知ってるよ。馬鹿げたレースに出て勝つためだってね。そりゃあたし達も陰ながら応援するけれど、勝負がすべてじゃないからね。勝つよりも楽しむためのもんだからね。あたしはその他に何でも知ってるよ。どうしてレースに出るのかってこともね。でもあたし達には関係ないことよ。どうせ流れ者だからね。いつかここを追い出されるんだからね」

小母さんが長いおしゃべりに終始符を打った時です。静香の悲鳴が、微動だにしない樹々の梢を揺らすように聞こえました。

「あの声は静香だわ。小母さんとのお話はいずれ暇な時にゆっくりしましょう。先を急ぐので失礼するわ」

私は別れの挨拶もそこそこに豚小屋を飛び出し、悲鳴のする方角、多分牧場の出入口の方に向かって一目散に駆け出しました。

私の目測もそれから悲鳴の主が静香だったことも的中していました。静香は二人の暴漢に抱えられ連れ去られようとしている所でした。私は遠くから、静香と大声で叫んでいました。静香も又私の方に気が付いたと見え、手を振って助けを求めながら私の名前を呼んでいました。二人の暴漢は素早く、そこに止めてあった車に静香を押し込みました。それから物凄い勢いで車を発進させました。車は砂塵を巻きあげ細い道を突っ走って行きました。

こんなことになるんだったら静香ばかり特訓しないで、私も野を越え山を駆けめぐるんだった。そしたら今ここで役に立つと思ったけれど、相手が車だとスーパーマンでない限り追いつくことは出来ません。このままでは静香が何者かに誘拐されたことになります。何の目的で静香を拉致するのか思い当たる節はありません。考えられるとすればただの豚泥棒に違いありませんが、ただ単なる豚泥棒だったら静香だけを連れ去るでしょうか。豚小屋に忍び込めば、静香の他にも沢山の豚が屯しています。それを一網打尽にして生捕って連れて行けば成果はあがる筈です。それなのに、静香だけを狙うのはどうも腑に落ちないし不審です。

この犯罪はもっと奥深いからくりが隠されているかもしれません。しかし今は悠長に原因を探っている時ではありません。一刻も早く後を追うのが先決で、静香の姿を見失ってしまえば取り返しのつかない事態を招くかもしれないのです。

私はどうしたらいいだろうと、その場でうろたえていた時です。牛乳を配達していた健次がすれ違うようにして帰って来ました。私は健次のトラックの荷台に飛び乗りました。

「危ないじゃないか」

健次がドア越しに叱責しました。私はもつれる舌で緊急事態を説明すると、健次はしっかりつかまっていろよと言ってから、エンジンをふかしました。車は波のようにうねってから猛スピードで走り出しました。しっかりつかまっていないと荷台から振り落とされそうです。

「それにしても悪い道ね。でこぼこだらけじゃないの」

車は激しく上下に振動し、更に左右にも大きく揺れました。

「あの車を絶対見失わないでよ」

私は荷台につかまりながら運転している健次に命令を下すように大声を出しました。

「分かってる。前の車だろう。言われなくても分かってるよ。それにしても奴輩は一体何者なんだ」

「分からないわ。分かっているのは静香がいなくなったら、大変なことになる。それだけよ」

「悪い奴輩だな。絶対逃がすもんか」

「もっとスピードが出ないの」

「出てるじゃないか」

「だってだんだん離されているみたいじゃないの」

「君は後ろからいちいちうるさいな。僕に任せておけば大丈夫。君こそ車から振り落とされないようにしっかり掴まってるんだよ」

「私は大丈夫だから、もっとスピードを出して。前から車が来る。このままだとぶつかるわ。ねえ何とかして」

私は目を瞑って絶叫していました。前の車を追い越そうとして対向車線に出た時に、向こうから一台の車が走って来てぶつかりそうになりました。寸手の所で避けて難を逃がれましたが、真正面から衝突していれば大変なことになっていました。

この分だと豚の障害物競走をする前に、車の障害物競走をしている感じです。追いつ追われつの緊張の連続でした。やがて前を走っていた黒い車は煉瓦造りの建物の中へ入って行きました。

「ここは食肉センターだ」

健次が看板を見て言いました。私はそれを聞くと、胸に槍を突き刺されたような驚きに、全身が痺れました。

「何ですって。それは大変。一刻も早く助け出さなくっちゃ、静香はミンチ肉にされてしまうわ」

私は車が急ブレーキをかけて止まるや否や、建物の中に突進して行きました。しかし中から鍵をかけたのか、その古くて錆びついてしまった鉄の扉は私達の前に壁のように立ちはだかりました。私の力ではうんともすんとも動きません。健次が助走をつけて力一杯肩から体当たりしたが、それでもびくともしないのです。

私は気が気ではありませんでした。私の脳裏には男が包丁をふりかざし、静香の首を刎ねる光景が浮かんでいました。振り払っても振り払っても、私の耳に静香の悲鳴が木霊のように響いてなりません。

「駄目だ。どうしても開かない」

「こんなところでまごまご出来ないわ。何とかしなくちゃ、静香の命が危ないわ」

私達は諦めて別の出入口を見つけるために建物の横手へ回りました。そこに一つだけ硝子窓がついていました。私がここはどうかしらと言うと、健次はジャンプして体を蝦のようにくの字に曲げて頭から突っ込みました。硝子は四方に砕け散り、健次の体は建物の中へ吸い込まれるようにして消えました。私も夢中で中へ飛び込んでいました。

まさに危機一髪のところでした。私と健次が飛び込むのが一秒でも遅かったら、静香の首は胴を離れ、床の上にだらしなく転がっていたかもしれません。

「洋子、ここよ」

私の姿を見て静香が叫ぶように言いました。私の想像していた通り、一人の男が刃物を振りあげていました。硝子を破る物音で男は一瞬ひるみました。

男達は健次の敵ではありません。健次は忽ちのうちに二人の男を倒していました。

「命が十年も縮まる思いがしたわ」

静香は私の胸に飛び込んで、涙と鼻水を一緒に流しながら言いました。

「間に合ってよかったわ。私だって肝を潰したのよ。間に合わなかったら、貴女の首だけ拾ってたかもしれないわ」

「貴女に又助けられたわね。何てお礼を言ったらいいのかしら」

「お礼なんていいわ。もし貴女がどうしてもお礼を言いたいと言うんなら、私にじゃなくて彼に言ったら。そうしたら、彼もきっと喜ぶわ。彼がいなかったら、今頃貴女は八つ裂きにされていたのよ」

私が八つ裂きという言葉を強調すると、静香は恐怖の戦慄を呼び起こすのか、体をびくびく痙攣させるように震わせました。

「何てお礼を言ったらいいのかしら」

「気取ることはないわ。普通に言ったらいいんじゃないの」

「私は若くていい男に弱いの。あがり性だから舌がもつれてうまく喋れないわ。お礼はすまないけれど、貴女から言って」

「貴女がそうして欲しいのなら私は構わないわ。でも貴女もとんだ災難にあったわね。何か心当たりはないの」

私がこう言うと、静香はうつろな眼で暫く考えに耽ける様子を見せました。

「心当たりがあるとすれば、私が他の豚と違って目立つからじゃないかしら。私はいつだってそうだもの。器量が良いのも考えものよ」

静香がすまして答えました。気分転換の早い静香はさっきの出来事をもう忘れてしまったかのように、いつもの静香に戻っていました。

「ひょっとして村長の回し者かもしれないな」

健次が言いました。

「村長の。そんな筈はないわ。どうして村長がそんなことをするの」

「それは分からないけれど、あの連中どこかで見たような気がするんだ」

「本当」

「どこで見たか覚えがないんだ」

「それじゃ頼りにならないわ」

「たしかに村長と一緒にいたような気がするんだ」

「でもどうして村長が静香を殺そうとするの」

「決まっているじゃないか。障害物競走のためだ。村長は君の豚に勝たれちゃ困るんだろう。名誉と欲のためにも、君には負けられないんだ」

「それであんな汚い手を使ったのね。許せないわ」

私は憤慨しました。

「こうなったら意地でも負けられないわ」

「私もよ。こんなかよわい豚をこんな怖い目にあわすなんて絶対許せない。この仇はきっと討つわ」

静香も闘志にめらめらと火がついたのか、静香の眼も赤く燃えているようでした。

「そうよ静香。私と貴女であの高慢ちきな村長に一泡吹かせてやりましょう」

七

待ちに待ったというべきか、それとも自然の成行きなのか、その日がとうとうやって来ました。会場は人と豚でごった返していました。人間は兎も角、豚がこんなに多く集まって賑やかに鳴いている光景は珍しいし、壮観といえば壮観です。私のような豚だった人間には嬉しくて誇らしくなるような気分でした。

私だって気まぐれに人間になったのです。だからいつ豚から人間にされるかひやひやしていました。その日が分かっていれば私は私なりに覚悟も出来たし、人間とも惜別出来るのですが、人間から豚に戻るその瞬間が、いつ訪れるか分かりません。

無論この私がいつまでも人間でいられる筈はないと私自身も思っていました。豚に戻ったら人間だった頃のことを、いい思い出として大切に胸にしまっておくし、仲間にも自慢の種に出来るでしょう。尤も静香を除いた仲間は私の話を信じないでしょう。いくら私が人間だったと主張しても、頭がいかれているか変になったとしか思ってくれないでしょうが、その時はその時です。私は一日でも長く人間でいられるように祈るだけです。そして人間でいられる時間を精一杯大切に使うだけです。

「ねえ洋子、貴女にだけ私の心臓を触らせてあげるわ。私は少し興奮しているの。私がこんな感激を覚えるのは生まれて初めての経験よ」

静香が闘志をうちに秘めて言いました。

「古臭い言い方だけれど、私達は今まで精一杯努力して来たわ。努力した者だけが勝つとは限らないけれど、資格は充分ある筈よ。だからいじけたり、しおれたりすることはないわ。堂々と胸を張って、これからやってくる困難に向かって行けばいいのよ。何も考えず無心でね」

「地震かしら、体がやけに震えてくるわ」

「それは多分武者震いでしょう」

「そうだったらいいんだけれど、やたら緊張しておしっこがしたくなったわ」

「これからは二人三脚よ。私と貴女と心を一つにして戦うのよ」

「分かってるわ。せいぜい貴女を頼りにしています」

静香がおだてるように言いました。親方と奥さんと、それから可愛い子供と健次が応援に来ていました。静香と私はまず腹ごしらえと、奥さんの手作りの弁当に舌鼓を打ってから、いざ出陣と改めて兜の緒と褌を締め直しました。

「ええ、ここにお集まりの皆さん。本日はこの大会のためにこんなにも大勢お集まり頂いて大変嬉しく思います。御承知の通り、この大会はまさに大規模と申しましょうか、それとも世界に類を見ないと申しましょうか、一大障害物競走でございます。このような大会を催すことが出来たのも、一重にここにお集まりの皆さまの絶大なる尽力の賜《たまもの》であると、私村長は痛く感謝しておる次第でございます。それから人間と豚のほほえましくも、壮絶な競走が展開され、どのチームが優勝するか全く予想がつきません。かくいう私も、雷電号と一緒にこの大会に参加し、ひそかに優勝を画策しているのでございます。とんびに油あげをかっさらう所存でありますが、そう旨く参りますか、こればかりはやってみなければ分かりません。愛豚とこの大会に出場される皆さまも、私に負けず劣らず奮闘されることを期待してやみません」

村長はマイクの前に立ち、ひとり陶然としながら一説ぶちました。村長の挨拶が終わると嵐のような拍手が湧き起こり、暫くやみませんでした。

「それではみなさん、スタートラインに並んで下さい」

出場する選手と豚はみんなそれぞれ思い思いの恰好をしていました。中には仮装大会と勘違いしているような組もあって、観客の失笑をかっていました。そういえば静香も、あれやこれやと悩んだ口でした。見栄張りのお洒落な静香は、まるで外国旅行にでも行くような具合でした。

「私の夢はね。洋子笑っちゃ厭よ。真面目なんだから。笑わないで聞いて頂戴ね」

　こう前置きしてから、

「私はモデルになりたかったの」

と言いました。私は静香が言う前から笑いをこらえていたけれど、それを聞くと思わず噴き出しました。

　どんと頭に突き抜けるようなピストルの音が鳴ると、一斉に走り出していました。スタートの合図が鳴ったのに後に走りだす者、転倒している者とスタートから先が思いやられる展開になりました。

　私も静香も練習の甲斐があったのか無事に出走することが出来ました。出足はまずまずで、これなら最後まで完走出来そうな気がしたけれど、油断は禁物です。レースは今始まったばかりだし、それも大障害物競走です。これから先どんな仕掛けがあるのかも分かりません。障害によっては平坦な道も茨の道になるかもしれないのです。

私と静香はまずゆるやかな坂を難なく登りました。最初から難しい障害をこしらえるとやる気がなくなってしまうし、殆どの豚が篩《ふるい》にかけられてしまうでしょう。最初はやさしく漸々と難しいものにしていく魂胆とみえて、前方の坂道も殆ど勾配のないものでした。それでも足を滑らせて落伍する豚がいたし、ひいひい青息吐息で汗をかきながら悪戦苦闘していました。そんな中で村長が自慢しただけあって、あの黒くて猪のような雷電号はいの一番に坂道を駆け登って頂上を征服しました。その雷電号にぴったりとくっつきながら、勇ましいかけ声と共に村長が後について走っていました。

村長ははなから自分達が優勝するんだという自惚れと自信から、余裕綽々といった感じでした。雷電号の走りっぷりを見ていると、村長の言うこともあながちはったりや嘘にも思えません。雷電号の実力は並いる豚の中でも一番擢んでていて、とても敵いそうにありませんでした。私と静香は、村長の後を追いかけました。

「もし昔の、ごろごろ寝てばかりいた私だったら、多分あんな坂さえ平気な顔をして登れなかったでしょうね。途中で滑って転んでいたりしてたでしょう。あの豚達と同じようにね」

静香が走りながら言いました。

「これも少しは特訓の成果かもしれないわね。あの豚達を助けてあげたいけれど、仕方ないわ。競走ですものね。いずれ自分だけの力で這いあがらなければならないことを知るでしょう。貴女のようにね。貴女はそれを誰よりも早く知ったから登ることが出来たのよ。でも安心するのはまだ早いわ。これから幾多の困難や試練が貴女を待ち受けているのよ。今に貴女も彼等のように落伍するかもしれないわ」

私は後から静香にはっぱをかけるのを忘れませんでした。その試練と困難はすぐにやって来ました。それは私達を一時も休ませてはくれそうにありません。走りながら自然に接する光景を楽しむという余裕など全くないのです。

「きゃ、洋子。今度は何かしら。地面が私の足を引っ張っているのかしら。少しも動かないわ」

突然静香が金切声をあげて言いました。

「そんな筈はないわ。私は何ともないのよ」

「だって私は一歩も動けないわ。私の足に根が生えてしまったのかしら。それとも誰かが私に意地悪をしているのかしら」

「ちょっと待って。あら大変、ここは接着剤の森ですって」

「それは一体何なの。聞いたことがないわ」

「そりゃ貴女には分からないわ。今説明するからね。そのままでいいから訊いて頂戴」

「動きたくても動けないわ。このままここにじっとしていなければいけないのかしら」

舗装した道路にペンキを塗るように一面接着剤が塗られていました。接着剤は強靱な力を発揮して静香をそこに釘付けにしました。静香ばかりではありません。先を急ぐ豚という豚をそこに釘付けにしてしまいました。この事実を見逃すことは出来ません。

ただ例外といえば、あの村長の雷電号だけでした。ここを先途として通過しようとして足止めをくって、苦悶に喘いでいる連中を横目に、この特異で希代な黒豚は並々ならぬ怪力を見せて、弾力で粘着力のある接着地獄からいとも簡単に抜け出してしまいました。雷電号は四肢に力を集中させてゆっくり足をひきあげました。すると接着剤は足に付着したまま護謨のように伸びました。更に力を入れると途中でぷっつりと切断されるのです。雷電号はそれから自由になった足をゆっくり前へ進めました。今度は後足です。こんな風に雷電号は力をこめ、顔を真赤にしながら足の裏についた接着剤を切断しながらゆっくり前進して行きました。

「なんて馬鹿力をしているのかしら」

私は感心しながら呟きました。こんなところで根をあげる訳にはいかないので、

「貴女もやってみたら」

と静香に言いました。

「お言葉を返すようですが、さっきから同じことをやっているのよ。でも私にはとてもあんな真似は出来ないわ。何と言っても、私はかよわい乙女なんですからね」

静香は顔を歪めたり、目を丸くしたりしながら反駁しました。

「そりゃそうね。あんな芸当が出来るのは、世界広しといえども、あの脳たりんの豚しかいないわね」

私がこう言うと、静香は砂漠で水を得た人のようにくすっと笑いました。

「こんなところで降参するのも癪に障るわね」

「誰が降参なんてするもんですか」

「じゃあどうするの」

「それを今考えているのよ」

「私は体を使ってるんだから、貴女はせいぜい頭を使って頂戴ね。良い考えが浮かぶまで私はここで休憩させて貰うわ。冷えたジュースでもあったら最高なんだけれどね」

まわりを見回してみると、どの豚もみんなここで立往生していました。何とかこの苦境から脱出しようと豚の尻を押している者もあれば耳を引っ張っている者もありました。それでも豚は一歩も動きません。

私も手始めに静香の尻を力任せに押してみました。私が微力なのか、それとも静香が重いのか、接着剤が効いているのかびくともしません。静香の耳を何度も引っ張りました。鼻の中に指を突っ込んでみましたが、これは力が入らないのですぐやめました。

「今素晴らしい名案が閃いたわ」

私が言うと、静香までが興奮したように、

「それなら早く言って御覧なさい」

と反応を示しました。

「貴女は痛いのを我慢出来るかしら」

「痛いのは苦手だわね。まさか私に注射するんじゃないでしょうね」

静香は煙幕を張り少し逃げ腰で言いました。

「まあ似たようなものね」

「それなら御免だわ。注射するならここで立往生して棄権した方がましだわ。それにずっと楽だしね」

「何を弱気なことを言ってるの。レースは始まったばかりなのよ。村長の豚はもうとっくの昔にここを脱出したのよ。そんな悠長なことは言っておれないわ。少々痛いけれど我慢しなさい。不慮の災難でこんな方法しか見つからなかったけれど、これが一番手っ取り早い方法よ」

そう言うなり私は皮下脂肪が厚くて、神経の鈍そうな静香の尻に思い切り先の尖った棒を突き刺しました。ここへ来る途中境界線を仕切るために杭が打ってありました。その杭を引っこ抜いて、静香の尻に突き刺したのです。

静香は不意撃ちを食らったのと、尻の方で激痛がしたので、思わず痛いと飛び跳ねました。

「貴女も顔に似合わず乱暴で無茶をするのね。ひとのことだと思って痛いじゃないの」

静香はしかめっ面をしながら、振り向き様に言いましたが、反射的に飛び跳ねたおかげで静香の体は前進していました。

「これが本当の怪我の功名ね。痛いのは少しぐらい我慢しなさい」

私がそう言って知らん振りをしました。その後は情容赦などありません。私が突く、静香が飛び跳ねて前進する、その繰り返しでした。

「御願いだからもうやめてくれない。私の玉のような肌に後生だから傷つけないでくれるかしら」

「痛いなら目を瞑ってたら。貴女は俎上の鯉も同じなのよ。痛いのが嫌だったら少しは自力で動く努力をしたらどうなの。私だって心を鬼にしているのよ」

私と静香はお互い唾液を飛ばすようなそんな激しい口論をやりあいながら、いつの間にかその接着剤の地獄から脱出していました。それからは何ともない平坦な道が私達を歓迎するように続いていました。砂利道で素足の静香は少し針で刺したようにちくちくする痛みがあったかもしれませんが、接着剤の道に比べたらうんと楽に軽々と走ることが出来ました。

私と静香は実に快調に飛ばしました。風を切り景色を後ろへ飛ばしながら疾走しました。

「まるで雲の上を走っているような気分よ。苦の後には楽があるといった気分じゃないかしら」

「貴女も案外と詩的感覚があるのね。センスがあるわ。その調子で最後まで完走して貰いたいわ。水を差すようだけれど、楽の後には苦がつきものだからね」

「貴女はそうやっていつも私の爽快な気分を壊すのね。私は偉大なる天才よ。その天才の前にはどんな障害物でも障害になり得ないわ」

「そうかしら。そうやって誰もが盲目になるんだわ。貴女も例外ではないみたい」

私がそう言った途端に、静香はどすんと前方を遮っていた塀のように高い木の壁に衝突しました。鼻を思い切り打って目から火花が散るほどでしたが、幸いどこも傷つけることはありませんでした。鼻は最初から潰れたようにひしゃげられているので、今更ぶつけてもたいしたことはなかったからです。

「村長の豚はどこへ行ったのかしら。まるで煙みたいに私達の前から消えているじゃない」

静香が忌々しそうな声を出しました。

「ひとのことはどうでもいいわ。まず私達が最善の努力を尽くすことよ。そうすりゃ周りのものもよく見えてくるわ」

「そうね。まず問題はこの壁をどうするかだわね。村長の豚がいたらまずお手本を見せて貰おうと思っていたのにね。私が後から来る者にお手本を見せなければいけなくなった訳ね」

「貴女ならさぞかし立派なお手本を見せてくれるわね」

「そんなに褒めてくれたらかえって硬くなるわ。いつものように、馬鹿にしてくれた方がかえって気が楽よ」

「そんなことはどっちでもいいんじゃないかしら。ぐずぐずしないで、早くこんな塀を乗り越えたらどう。貴女だけじゃないのよ。貴女の後から次々とやって来るのよ。その前にこの塀を乗り越えなけりゃ厄介じゃないの」

「貴女の言う通りね。でもここでは私の尻を叩かないで頂戴。尻を突っついたって鳥のようには飛べないからね。私は誰の力も借りず、自分の力だけで乗り越えてみたいの。分かるでしょう」

「分かるわ。御立派な意見ね。それは乗り越えた後に言って欲しいわ」

静香は板の塀に爪を立ててしがみつきました。しかし大木にとまった蝉のようにしがみついたまま動くことが出来ませんでした。

「登るのよ。後ろ足にもっと力を入れて乗り越えるのよ」

私はつい夢中になって叱咤激励していました。

「そうがみがみ怒鳴らないで頂戴。こんな時にそんな声を出されたら逆効果よ」

「じゃどうすればいいの。猫撫で声を出してやさしい言葉を使えばいいの」

「その方が私にやる気を出させるわ」

「貴女がそう言うならその通りにするわ。貴女は世界中で一番上品でおとなしくて美しい豚だわ。こう言えばいいのかしら」

「その調子よ。後もう少しだわ。何でもいいから私をもっとその気にさせるようおだててくれない」

「豚もおだてりゃ木に登る。貴女は知らないけれど、格言にこんな言葉があるのよ」

「それは失礼ね」

「だって満更的が外れてやしないわ。貴女だっておだてりゃそれぐらい出来るじゃない」

私の言葉が功を奏したのか、それとも静香がやる気を出したのか、するすると猿のようによじ登り始めました。

「貴女のためにもう一つ格言を教えてあげましょうか」

「教えたって無駄よ。すぐ忘れてしまうんだから」

「馬鹿と煙は高い所にあがるって言うの」

静香は壁によじ登り天辺まであがったけれど、その壁が思いのほか高いので、

「今度はここから飛び降りろって言うの」

と俯瞰しながら言いました。

「そこにいたけりゃ無理にとは言わないわ。貴女が鳥のように天空を飛べるなら、そこから羽ばたいて自由にどこへでも飛んで行きなさい。飛ぶことが出来ないんなら、貴女の帰って来るところは、ここしかないわ」

私はまばゆい陽の光りを手の庇でさえぎりながら、静香を見上げるようにして言いました。

「私は高所恐怖症なのよ」

静香が溜息まじりに言いました。

「静香、早くそこから降りていらっしゃい」

私は屋根の上にのぼった子供に言い訊かせるような母親の口調になっていました。

「言うのは簡単だわ。でも実際に飛び降りるのは難しいのよ。貴女はそこにいて、ああだこうだと口先ばっかりね。私のために身をもって助けようとは思わないの」

静香は皮肉の矢で射返して来ました。

「勿論その意志はあるわ。貴女のためだったら何でもするわ。私に出来ることだったらね」

「じゃ私が今すぐここから飛び降りるから、私の体を受け止めてくれるかしら」

「私が。貴女が羽毛のように軽かったら貴女に言われるまでもなくそうしたわ。貴女の鉛のような体を受け止めたら、私はどうなるの」

「貴女はそういう女性《ひと》よ。そんな人なのよね。よく分かったわ」

静香が怒気を含めて言いました。口を尖らせたけれど、もともと口が平ったいので、唇の先が少しめくれるように尖っただけです。

「分かったわ。そこから飛び降りていらっしゃい。貴女の体は私が受け止めてやるわ。たとえ私の体が粉々になっても、貴女のためですもの」

「本当にいいの」

「私が一度でも約束を破ったことがあるかしら。さあ安心してこの胸に飛び込んでいらっしゃい」

私が改めて確約すると、静香は身を翻すように、支えていた足を塀の上から離し、勢いよく降りて来ました。それは豚というより、鉄か或は石の塊が垂直に落下して来るという感じでした。その風圧だけでも圧倒されそうでした。

「貴女の約束はたった数秒さえも墨守されないのね」

静香が恨めしそうに私を見ながら言いました。静香が私の上に落ちて来た時、私は素早く身を躱していました。静香を私のような華奢な人間が受け止めるなど、最初から無謀な計画でした。私が寸手のところでさっと身を引いたので静香は目標を失い、投げ捨てられたように少し離れた場所に着地しました。

「貴女だって泣き言ばかり言って、やれば出来るじゃない」

静香が塀の上から降りて来るのに手間取っている間に、後から来た豚達が塀によじ登り、そして飛び降りて、先へ先へと私達を追い越して行きました。

中には静香同様に高所恐怖症の者がいて、塀の上で泣いたり、飛び降りた時に捻挫したり骨折したりして棄権する者もいました。私達も骨折り損のくたびれ儲けにならずにすんだのがもっけの幸いでした。

私と静香は気を取り直し先を急ぎました。多分先頭は村長と雷電号に違いありません。今頃村長は優勝は自分達のものだと余裕綽々でしょう。癪に障るけれど、現実を冷静に直視しなければなりません。

「ねえ洋子。ここは一回休みというのはないの」

走りながらはあはあ荒い息で、苦しそうに静香が言いました。

「双六じゃないのよ。白いテープを切るまではおあずけよ。もし喉が乾いたりお腹が減ったりしたら、せいぜい頭の中で想像するのね。蜃気楼を描きながら走れば、少しは気がまぎれるかもよ」

「貴女ともうお喋りしたくないわ。貴女とお喋りしていると余計息が苦しくなってくるみたい。もう目の前が真暗よ」

こう言った時です。静香の姿が急に見えなくなりました。煙のように消えてしまいました。それもその筈で、静香は障害物の仕掛けの一つである陥穽の罠にはまってしまったのです。

「静香、どこにいるの。いたら返事しなさい」

私は手を喇叭のようにして大声で言いました。返事がないので心配になって周囲を見回しましたが、どこにも静香の姿が見えません。私は何度も静香の名前を叫びました。すると暫くしてやっとのことで返事が返って来ました。それも地の底の方からです。

私は静香の落ちた穴をこわごわ覗き込みながら、

「さっきから何度も呼んでいるのに、返事ぐらいしなさいよ」

と言いました。

「分かってるわ。尾てい骨を打って声が出ないのよ」

静香はそれだけ言うのがやっとのようでした。穴は底抜けに深く、暗くて上から見おろしても静香の顔を見るのがやっとでした。

「そんなところでぐずぐずしていたら生埋めになるわよ」

「お願いだからがみがみ怒鳴らないで。そうでなくてもここは密室になっていて、貴女の声が二倍にも三倍にも響くのよ。私ひとりの力じゃとても無理よ。貴女の手を借りなければね」

「手を貸したいけれど、果たして私の手がそこまで届くかしら」

「こんな時につまらない冗談はよして。早く助けてくれないと酸欠になるわ」

「なるべく鼻を膨らませないことね。貴女の鼻は特に大きく開いてるから、息をする時は遠慮するのよ。そして片方ずつ吐いたり吸ったりするのね」

「貴女に言われなくてもちゃんとやってるわ。それより穴へ落ちて一つだけ真理を摑むことが出来たわ」

「真理。落ちた時に頭を打っておかしくなったんじゃないの」

「何とでも言ったらいいわ。私は確かに重大な真理を摑んだんだから」

「どんな真理か伺いたいものね」

「身に余る自由が本当に有難いという真理よ。そこにいる貴女はなんだって思うかもしれないけれど、貴方もそこからここへ落ちたら同じ真理を摑んで感動する筈だわ」

「真理を摑む前にこの縄を摑みなさい。真理を摑んでも助からないけれど、この縄を摑めばそこから出て来れるのよ。貴女にとって真理よりも一本の縄の方が重みがあるのよ」

私は縄を穴の中へ放り込みながら言いました。静香はそれに慌ててしがみつきました。

「縄よりも私の方が重みがあることを、貴女は充分に知るわね」

静香はそう言いながら縄をたぐって合図を送りました。縄を投げ入れて静香を助ける思いつきは我ながら名案でしたが、静香の体重と私の体重を比較するのを忘れていました。策士は自らの策に溺れるの例えではないけれど、私もいささか冷静を欠いていました。もし立場が逆だったら、私は他愛もなくするすると引きあげられていたでしょう。静香の場合、他易くなどという形容を間違っても使用することが出来ません。

「洋子、それでも力を入れているの」

静香が下からぶうぶう言いました。

「入れてるわよ」

「ちっとも動かないじゃないの」

「それは私が悪いんじゃないわ。貴女が重過ぎるからよ」

私が引っ張る。静香が一本の縄にしがみつき山登りの要領でよじ登る。静香と私の呼吸が合わなければ大変なことになります。ミイラ取りがミイラになるように、私も真逆さまに穴の中へ落ちかねません。

私は歯を食いしばり足を踏ん張りました。火事場の糞力です。私がかよわい人間だったら果たしてこんな馬鹿力を発揮することが出来たでしょうか。

穴からやっと静香の顔が見えて来ました。どうやら無事この難関も突破することが出来ました。あたりは不気味な穴だらけで、まるで蟻地獄のようでした。そこへ次から次へと走って来た豚が落ちていました。

「さあ、先を急ぎましょう」

私は気を取り直すように言いました。静香はなかなか重い腰をあげようとはしませんでしたが、いつまでもそこにいても仕方ないので渋々動き始めました。

「村長はもうどの辺を走ってるかしら」

「さあ分からないわ」

「ひょっとしたらゴールに辿り着いているかもしれないわね」

「まさか」

「もしそうだとしたらもう無意味ね」

「どうして」

「だってもう負けだもの。勝負がついているのに走っても仕様がないじゃない」

「まだ分からないじゃないの。ひとはひと。最善を尽くすのよ」

「そして天命を待つのね」

私の言いたいことを静香に取られてしまいました。それにしてもマラソン障害物競走などと、村長はとんでもないことを考えたものです。頭で考えていたほど楽ではなく、まるで果てしない砂漠を走っているようです。

これから先どんな仕掛けが待っているか、それは生命に関わるものかもしれないのです。私達の行手を遮り、大きな穴を開けて待ち受けています。細心の注意を払い、警戒を怠らなければなりませんが、いつどこでそれは牙をむいて襲って来るかもしれないので防ぎようがありません。手の打ちようがないのです。現実に目の前に現われた時点で対処し撃破していく以外手はありません。

私と静香は前方に何の障害物も見当たらない平地を駆けていました。このままこんな平坦な道がゴールまで続いているとしたら楽なものです。しかしそうは問屋がおろしてくれません。静香は珍しく速度を増して走っていました。その静香が急ブレーキをかけるように立ち止まって振り返りました。

「ここから道がないわ」

「道がない。そんな馬鹿な」

私はすぐ追い着いて後から声をかけました。静香の言う通り道は途切れていましたが、正確に言うと、そこからは土の道ではなく泥をこねたような道に変わっていました。一歩足を踏み入れると腰までつかってしまいそうでした。

「ここを通るの」

静香がこれ以上崩しようのないしかめっ面をしながら言いました。静香は大嫌いなものを並べられた時、いつもこんな風な顔をして、こう言うのです。これを私が食べるの。

そんな時、私も平然としてそうよと言ったものです。今度も同じで、私はそうよと言いました。

「ここを通るしかないわね。だって障害物競走なのよ。泥の道も立派な障害物でしょう。誰が考案したか別としてね」

「厭よ。もうこれ以上やりたくないわ。真平よ。私はここから引き返すわ」

静香が最後の決心をしたかのように主張しました。

「途中で挫折するのね」

「今だから告白するわ。私はこれまでに何度もそう思ってきたわ。もうやめなさい。これ以上やっても意味なんかありゃしない。そう思って走って来たのよ。これが最後ね。漸く決心することが出来たわ」

「貴女はそんなにだらしのないあきっぽい豚だったのね。豚なら豚らしく観念しなさい」

「私は豚だから潔く決心したのよ。優柔不断な人間なら挫折を生涯の恥とするでしょうが、私は寧ろ生涯の誇りとするわね」

静香が胸を張って言いました。静香はここへ来て突如臍を曲げてしまったようです。こうなったら、この豚は何を言っても動じず、梃子でも動きません。

私は仕方なしに、静香と何気ない風に叫びました。静香がえっと答えて振り向いた瞬間です。私が体当たりを食らわすと、静香はその拍子に泥の道に足を踏みはずしました。

「貴女は何てことをするの。人でなし。覚えていらっしゃい」

静香は全身にとっぷりとはね返りの泥を浴びながら言いました。

「一度泥につかったら、もうくよくよ思案することもないでしょう。貴女はもうその泥の中を歩むしかないのよ」

私は静香を勇気づけるようにはっぱをかけました。

「貴女もここへ降りていらっしゃい。そうしたら私の気持ちが分かるわ」

「私は遠慮するわ」

「ああこんなに泥だらけじゃない。私のすべすべした肌も、私の美しく輝いていた顔も、すっかり泥だらけじゃない。私はこんな姿を誰にも見せたくなかったし、こんな惨めな恰好をするんだったら、このままここで溺れて死んでしまいたいわ」

静香が今にも泣き出さんばかりに嘆きました。

「貴女は一つだけ誤解しているわ。貴女の泣きたい気持ちは私も分からないことはないわ。でも一つだけ貴女にいいことを教えてあげる。泥んこ美容法があるのを知っている。泥はお肌のためにも美容のためにもいいのよ。泥の中を思い切り転げ回って、そこから出て来た時、その泥を洗い流したら、貴女の体は一皮むけたように美しくなっている筈よ。どん

な高価な薬だって泥には勝てないわ」

「それは本当の話」

「嘘か本当か、泥から出て来た時に分かるわよ。それより早く頑張って走って頂戴」

「待ってよ。そんなに急がさなくても体が動かないのよ。泥に足をすくわれて思うように走れないわ。なかなか難しいわね」

そう言っている間にも、後から来た豚が勢いよく泥の中に飛び込んで来ました。泥の中はちょっとした戦場の修羅場と化したようになりました。私は声が嗄れるぐらい静香に声援を送り、静香も又それに応えるよう足がちぎれるぐらい走りましたが、どう贔屓目に見ても、陸の上と違って緩慢に見えました。そのひとつひとつがスローモーションを見ているようでした。

やがて泥の道も終熄を迎え、静香はやっとのことで地獄から這いあがり、自由の彼方へ生還することが出来ました。静香の全身はとっぷりと泥に浸り、海坊主も顔負けするほどでした。泥のむっとする臭気がたちこめて顔をそむけたくなるほどでしたが、静香の健闘に惜しみない拍手をしてやりました。泥にまみれているとはいえ、静香の奮闘は感動に価するものでした。

「お疲れさん。泥の感想を聞きたいけれど、そんな暇はないわ。御苦労だけれど、もうひとふん張りお願いするわ」

「ええ、貴女の言いたいことは分かってるわ。ゴールするまで私達に休憩はない。そうでしょう。分かってるの」

「でも静香見て御覧なさい。ここからは広い道よ。何の障害物もない楽な道だわ。これならきっとゴールまで走れるわ」

「出来ればそう願いたいわ。私はもう安心することは忘れることにしたの。安心するといつも裏切られているからね。今度だってそうだわ。だから貴女にも言っておくんだけれど、安心するのはまだ早いわ。充分御注意遊ばせと、私は自分に言い聞かせるつもりよ」

「それはいい心がけだわ。でも見て御覧なさい。右じゃない。左でもない。前方よ。あれは村長じゃないかしら。黒くて大きな豚はきっと雷電号よ。間違いないわ」

私が飛び跳ねんばかりに言うと、

「それがどうしたの」

と静香がつれない返事をしました。

「私の言ってることが分からないの」

「疲れているから神経が散漫になっているんだわ」

「私達にもまだチャンスがあるってことよ。村長はてっきりゴールしていると思ってたのに、まだあんなところをうろついていたなんて、これはきっと奇跡だわ。奇跡でなかったら天佑よ」

枯渇した大地に雨が降って来るように、私達は又地の底から沸々と新たな力が甦って来そうでした。多分疲労困憊してすっかりなえていた静香も、一滴の水を口に含んで心身共に新しい力が漲って来たに違いありません。私と静香は疾風の如く走り、蹌踉としている村長と雷電号に並びました。

「村長さん、こんなところでまごまごしてどうなさったの。迷児にでもなったの」

私は舌を出しながらからかうように声をかけました。

「どうしてこんなところでうろうろしているのか、この阿呆に訊くがよい」

村長の怒りの声がすぐにはね返って来ました。

「先頭走っているのに、ずい分御機嫌斜めなのね」

「当たり前だ。こいつがへまさえしなければ、わしは今頃ゴール出来た筈だ。わし達は優勝してたんだ。ところがこの阿呆ときたら、ここへ来た途端あっちへ行ったりこっちへ行っ

たり、何を考えてるのか。まっすぐ行けと言っても変な方向へ猪みたいに突っ走って、一体どうなっておるのかわしにも分からん」

「それはお気の毒なこと。それじゃ私達がお先へ失礼していいかしら」

「そんなことは絶対にさせんぞ。わし達の先頭を走るとはとんでもないことだ。これ以上侮辱すると許さんぞ」

村長は雷電号にきりきり舞いでした。雷電号はけた外れに大きく力もあるので、さすがの村長も手を焼いていました。

「村長さん、どうしてその馬鹿で阿呆の豚が行ったり来たりしているか分かったわ」

「どういう訳か教えて貰いたいが、わしのこの可愛い豚を、君が馬鹿とか阿呆というのは許せん」

「その馬鹿で阿呆な、いや御免なさい。その豚は多分極度の方向音痴なんだわ。だから同じところを行ったり来たりしているんだわ」

「成程、そういうことか。道理でさっきから同じところをぐるぐる回っていると思っていた。ところでどうしたら治るか、ついでに教えてくれんか」

「お安い御用だわ」

私がこう言うと静香が私の耳元で、

「貴女もお人好しね。相手は敵なのよ。敵にそんなこと教えたら駄目じゃないの」

と囁くように言いました。

「困っている時はお互い様よ。寛大な心を持たなくては駄目だわ。村長さん、それは何でもないことよ。私達の後を連いて来れば道に迷うことはないわ」

「そうか、そういうことだったのか」

村長と静香が同時に成程と頷きました。

「でも私は厭ね。あんな不潔な豚が私の尻を追い回しているのかと思うとぞっとするわ」

それは静香特有の感受性で、お供を従えているお姫様だと思えばいいのです。

「どう先頭を走っている気分は」

「悪くはないわね」

静香が初めて得心したような微笑を洩らしましたが、ゴールするまで夢々油断は禁物です。勝負は下駄を履くまで分からないという戒めがあるぐらいだから、ここで褌の紐をもう一度締め直さなければなりません。後を連いて来るのが海千山千の村長です。それに猪突猛進の雷電号がこのままおめおめ私達の軍門に下るとは思えません。慢心していると寝首をかかれるかもしれません。

「もうこれで仕掛けは種が尽きたのかしら。さんざん苦労させられたけれど、何もないのも退屈なものね」

「そんなこと言っていいの」

「ここまで来てこれ以上何があるの。ゴール目指して一目散に走ればいいじゃないの。言っておくけれど、白いテープを切るのは私よ。間違っても貴女じゃないのよ」

「そんなこと言ってるから、前を御覧なさい。貴女の期待していた通り、何か待ち受けているわ」

「あれは一体何かしら」

「あれは車ね」

「車ならどうしよう。運転出来ないわ」

「その点なら御安心。車は車でも引く車よ。人間なら人力車だけれど、豚が引くなら、何て言うのかしら」

「私が引くの。乗るんじゃないの」

「まさか、それは余りにも甘い考えよ」

私と静香はお喋りしながら車の停止しているところまで来ました。

「この長い棒は何かしら」

「梶棒よ。これを持って引くの」

「やっぱり私が引かなけりゃ駄目かしら」

「当たり前よ。車には私が乗るからね。それを引いてゴールまでまっしぐらよ」

「貴女はいつもそうやっていい役ばかりね。それにひき換え、私は惨めだわ。貧乏籤ばかりね」

「何をそこでぶつぶつ言ってるの。早くしないと村長に追いつかれるわよ。すぐそこまで来ているだから。いざ出発」

私は荷台に腰をかけ、威勢のよいかけ声を景気づけにあげました。そしたらいざ合点承知の助と、肩肌をもろ出しにし、脚絆に草履ばきの車引きなら軽快に走り出していたでしょう。静香は要領が分からずに手間取っていました。

「車を引くのも大変ね」

「きゃ何をするの。しっかり棒を持っていなけりゃ後へ引っくり返るじゃないの。重心を低くして、天秤みたいに平衡を保って地面と水平にするのよ」

「貴女の方が上手そうね。そうがみがみ言うんだったら代わってくれない」

「私が引いたら違反だから、文句を言わずに引くのよ。さっきから少しも前へ進んでいないじゃないの」

私達がまごまごしている間に村長に追いつかれてしまいました。村長はいつの間にか私達の横に来て並んでいました。

「そんなへっぴり腰じゃ車は引けんな」

村長は静香の様子を見て笑いながら言いました。

「どうもこのお嬢さんには車を引くには荷が重すぎるな。車に乗っている人も重すぎるかもしれんがな」

村長はそう言いながら雷電号に鞭を入れました。ぴしっと風をきる鞭の音がしました。それを聞いて、

「痛そう」

と静香が首を縮めながら言いました。

「先へ行くのもいいけれど、どうせどこかで又迷児になるわ」

横切って行く村長に私が言いました。

「ふん余計なお世話だ。もうここからは一本道だから、そんな心配は無用だ。それよりどうしたら走って追いつくか心配した方がいいんじゃないのかね。君達とつきあっていたら日が暮れるからお先に行くよ。ゴールで君達が亀のように這って来るのを見学しよう。ついでに一つだけ車の走り方を指導してやろう。どうだわしも度量が大きいだろう。敵に塩を送るのも悪くないもんだな。そののろまで鈍い豚を走らせるのは、わしのように鞭を使うのが一番だ。そうすりゃ駄馬でも走り出すもんだ。頭は使いようだし、鞭も又使いようだ」

そう言いながら村長は荷台に立ちあがって、さかんに雷電号の背中といわず尻にも鞭を当てました。雷電号は鞭を当てられる度に闇くもに突っ走り、スピードをだんだんあげて行きました。

「なるほど、その手があったのね。村長もいいことを言うわね」

「貴女は人の感化を受けやすいからね。ひょっとして、貴女もその手にしている鞭で私をひっぱたくつもりじゃないでしょうね」

静香が機先を制するように言いました。

「私が、そんなこと出来やしないわ」

「そうだと有難いんだけれどね」

静香は背中に身の危険を感じていたかもしれません。

「それよりじれったいわね。もっと早く走れないの。村長達にだんだん離されてるじゃない。ゴールはもう目と鼻の先よ」

「そんなにがみがみ怒鳴らなくても分かってるわ。分かってるけれど、もうこれ以上走れないの。限界だわ」

「そんな弱音を吐いてどうするの。このままだと今までの努力がみんな水の泡だわ。最後の力をふりしぼるのよ。静香、貴女だったら出来るわ。頑張りなさい」

私は声も嗄れんばかりの声援を送りましたが、根も精も尽き果てている静香には馬耳東風でした。

「私だって癪に障っているのよ。貴女以上にくやしい思いをしているのよ。あんな馬鹿力しかない脳たりんの豚に負けるのかと思うと腸《はらわた》が煮えくり返りそうよ」

「貴女もやっと闘争心に火がついたわね。遅すぎたぐらいよ。だって敵はもう遥か彼方ですもの。お手あげね」

私ががっかりしたように言いました。

「貴女らしくないわね。まだチャンスはあるわ」

「あるかしら」

「貴女がその鞭を私の体に打ちすえたらね」

「それは希望の灯が見えるかもしれないけれど、私には出来ないわ」

私は鞭を持った手を空に向かってふりあげました。しかし静香にふりおろすのをその度にためらいました。

「何をしているの、洋子。貴女は勝ちたいんでしょう。優勝したいんでしょう。だったらためらうことはないわ」

静香が大声で言いました。

「分かったわ、静香。貴女の言う通り、この鞭をしならせて、貴女を鞭打つわ」

「それは愛の鞭でしょうね」

「そのつもりよ」

私は目を瞑り、ふりあげた鞭を思い切り静香の背中にふりおろしました。よくしなった鞭は風を切り、ぴしぴしと静香の背中を刺すように打ちました。

静香は兎のように跳ねました。だが最後の力が躍動し、静香の足はカモシカのようにな

めらかに動き出しました。

「静香、その調子よ。村長との距離がだんだんと縮まって来たわ。もう一息よ」

私は荷台の上に立ち興奮したように叫んでいました。それからやっと村長を射程距離にとらえることが出来ました。

「村長さん、貴方達も口程じゃないわね」

村長と横一線に並んだので、私が挑戦的に言いました。それからは鎬《しのぎ》を削るように、抜きつ抜かれつの連続でした。私と静香が横に行くと、村長が抜き返す。それを又私達が頑張って追い抜くのです。

すると何を思ったのか村長が車をぶつけて来ました。雷電号も走りながら静香に体当りして妨害しました。

「汚い手はやめて。正々堂々と戦うんじゃなかったの」

「どんな手を使っても勝った者が一番なんだ」

村長はそう言って車輪をからませて来ました。暫く走っていると、私の乗っていた車輪がすっぽり抜けてしまいました。車は平衡を失い、転倒し、岩に衝突したようにばらばらに砕けてしまいました。私は車から弾き飛ばされていました。

静香が振り向いて心配そうに私の名前を呼んだ時、私は空高く投げ出され、そのまま落下すれば怪我するか、打ちどころが悪ければ生命の危険さえありました。

私は運よくというのか、静香の素早い動作で、静香の背中の上に落ちました。そして静香の背中にしがみついたまま、村長より先にゴールしていました。

ゴールに着いた時、静香は精も根もすっかり使い果たし、その場に仰向けになったままひっくり返り、青息吐息でした。私は静香の息が切れてしまったのではないかと、口から泡を吹いている静香に駆け寄って抱き起こしました。

「静香、しっかりしなさい。私達は勝ったのよ。私達が一番なのよ。優勝したら抱擁する筈じゃなかったの」

私が静香の耳元で言うと、静香の糸をひいたような目がかすかに動いて開きました。

「私達が勝ったのは嬉しいけれど、私はもう駄目だわ」

「そんなこと言わないで、気を確かに持つのよ」

「洋子、悪いけれど私の最後のお願いを訊いてくれないかしら」

「それで貴女の気が晴れるなら、どんな厭味でも悪口でも訊いてあげるわ」

「私がもしこのまま死んだら、私を丸焼きなどしないで、穴を掘って埋めて欲しいの」

私は了解したとばかりに頷きましたが、結論から先に言うと、丸焼きにも穴にも埋めませんでした。静香は暫くすると息を吹き返し蘇生しました。それから感謝の念をこめて静香を胴あげしました。このちょっとばかり太目の英雄は鼻高々でした。しかし静香の努力と頑張りがなかったら、歓喜も感激も得られなかったでしょう。私は心をこめて、この軽薄で傲慢な親友に、心から有難うと礼を述べました。

八

私が忘れた頃に、ひょっこりとあの豚の精が現われました。必要な時には少しも顔を出さず、本当に気まぐれ屋ですが、私には恩人なので邪慳に出来ません。

「人間の世界はどうだった。面白かったかな」

豚の精が顔をくしゃくしゃにしながら言いました。

「楽しかったわ。まるで夢を見ているみたい。今でも夢を見ているとしか思えないわ」

私は夢心地で声を上付らせていました。少し大袈裟だったかもしれませんが、こうしないと私の感動が相手に伝わらないと思ったからです。

「それはまずめでたいことだが、今日は悲しい報せだ」

「悲しい報せですって」

私はうすうす予感していました。私だってその日の来るのを運命のように感じていたのかもしれません。人が老いて死を宣告される日が必ず来るように、人間になった私が又豚に戻る日がやがて訪れることを私は予感していました。それは私にとって、やはり悲しい出来事に違いありません。

「まあ物は考えようだがな。豚だったお前が一時的にもせよ人間になって、人間の世界を体験出来たのだから、むしろ幸せだっただろう。今更豚に戻れというのも酷なんだが、それも仕方のないことじゃ」

豚の精が力のない声で言いました。

「どうしても戻らなければならないのかしら」

「偖《さて》それじゃ。甘い汁を飲ませておいて、今度は苦い汁を飲ませる。心苦しくてかなわんがな。だが希望がない訳ではない。お前がどうしても戻りたくないというのなら、そのまま人間でいられぬこともない」

「何ですって。私の空耳かしら。今私の耳に信じられないような、まるで神様のような嬉しい言葉が聞こえたわ。聞き違いをしていたら悲しみが二倍になってはね返ってくるから、悪いけれどもう一度言ってくれないかしら」

「よかろう。ただしもう一度だけだ。お前が人間を愛し、心の底から人間になりたいと切望するなら、お前の願いを叶えてやらぬこともないと言うたのじゃ」

「やはり何度聞いても同じなのね。私は一体誰に感謝したらいいのかしら。こんな幸運をひとり占めにしていいのかしら」

「そんなに喜んでいるところをみると、お前は相当人間が好きと見えるな」

「その通りよ」

「儂は人間がそれほどよいとは思えんな。上等な生き物には見えんがな。儂なら即座にお断りだが、お前の気持ちを優先するのだからな。お前の気持ちが一番大事だ。お前がそうしたいのならそうするがいい。儂は反対などせん」

豚の精は少し不満そうに投げ捨てるような言い方をしました。

「私が一番心配していたことがこれで解消出来るわ。だっていつも豚に戻ることを考えると憂鬱だったのよ」

「喜んでいるのに水を差すようで悪いんだが一つだけ言っておきたいことがある」

「何かしら」

「人間になったら豚を捨てねばならん。もう豚の世界には戻れんぞ」

「どういう意味かしら」

「お前はこれから身も心も人間になる。そうなるともう豚とは別離しなければならん。どの豚とも口を訊くことも出来なくなるし、豚の方でもお前が誰か分からんようになる」

「静香でも」

「勿論じゃ」

それを聞いて私は喜びが半減しました。急に侘びしい風が吹いたように私の心を切なくしました。静香と別れるなんて考えられなかったからです。一つの宝物を手に入れると同時にもう一つの宝物を捨てなければならないからです。私が静香を見ても普通の豚としか見えないし、静香が又人間である私を見ても、もう私だと思わなくなるのです。長い間静香を友達と信じ友情を交わして来たのに、私が完全な人間になったら、それがすべて崩壊してしまうのです。

「何とかならないかしら。今まで通り、私と静香だけ心が通じあうようにならないかしら」

私は必死の思いをこめて頼みました。しかし豚の精は冷酷に首を横に振りました。

「それは出来ん。それは余りにも虫が良すぎるというもんじゃ。どちらかを選んだら、どちらかを犠牲にせねばならぬ。両方とも得られるなどと甘い考えは捨てることだな」

「どちらかを選択しなければならないのね」

「そういうことだ。人間を選ぶか、豚を選ぶか、それはお前自身が決めることだ。儂に出来るのは助言だけで、どちらか一つを選ぶのはお前自身だからな」

「分かったわ。でも暫く考える時間が欲しいわ」

「いいとも。しかし長い時間やる訳にはいかぬ。地球を何周もする時間があっても、思考はいたずらに悩みと苦しみを与えるだけだからな。決断は一秒もあったら出来るだろう」

　私は豚の精の言う通りその場で英断しました。

「その前に、静香とお別れして来てもいいかしら」

「最期の別れだな。別れは悲しいものだからすすめたくはないが、お前がどうしてもと言うんならそれもよかろう。その前に儂とも最後の名残りを惜しまなくてはいかんな」

　豚の精が言いました。

「そうね。貴方は一体何者だったのか、永遠に謎だわね。でも私にとって貴方は神様みたいな存在だったわね。静香に言っても信じなかったし、どうして貴方が私の目の前に現われて、私を人間にしたのか、それも分からないし教えてくれなかったわ。私が人間になったら、すべてのことを忘れてしまうのかしら。私が豚だったことも、そして静香というかけがえのない豚がいたことも。そして豚の精という変てこな恰好をした豚がいたことも」

私はそう言いながらいつの間にか深い眠りに落ち込んでいました。目を覚ますと、明るい日射しが私の顔の上に落ちていました。私は即座に豚の精との約束を思い出し、身の回りを眺め回しました。私の様子にどこか変わったところがあるか、念入りに調べました。しかしどこも変わっていません。私の顔も身長もすべて同じでした。私のいる部屋も何ひとつ変わっていないので、私は安心しました。

私は部屋を出て、すぐ静香のいる豚小屋に向かいました。豚小屋には数十匹の豚がいて食事の最中でした。餌を奪い合う、ありふれた光景が朝から展開して、ここだけは戦場のようでした。

私は静香を見つけて気軽に声をかけました。すると静香の元気のいい声が必ず返って来るのに、今日に限って聞こえませんでした。

「静香、どうしたの。今日は機嫌が悪いのね。今日は私の記念すべき日なのよ。それを貴女に教えたくて飛んで来たのに」

私はこう言ってから、すぐ昨夜の豚の精との約束を思い出しました。思い出してから急に慄然としました。それから私はしまったと後悔したのです。私は豚の精との約束通り、人間になることが出来ました。これからはもう豚に戻るんだと腐心することもなくなりました。

ただ、たった一つだけ、豚の精は私に苦しみを与えたのです。私から静香を奪い取ってしまいました。それが今になってはじめて分かりました。

「静香、貴女は静香なんでしょう。私よ。私が分かる。分かるでしょう。どうしたの。いつものように返事してくれないの」

私が言っても静香は知らんふりをしながら餌にかじりついていました。

「そう食事中だったわね。食事中を邪魔して悪かったわ。貴女はいつもそうなんだから。食事中に話しかけても返事もしてくれなかったわね。御馳走をゆっくり召しあがれ。私は何時間でもお待ちしますわ」

静香は餌を食べ終わると、くんくん鼻を鳴らすように私に近寄って来ました。

「やっぱり静香ね。私のことが分かるのね」

私は思わず静香を抱きしめていました。首根っこを力を入れて抱いたので静香は苦しがって私の手を振り払うように暴れました。私が手を離すと、静香はきょとんとした目をして、私の方をぼんやり眺めていました。

「何か言いたそうな顔をしているわね。言いたいことがあったら遠慮はいらないのよ。ねえお願いだから何か言ってよ。昔のように、私を呼び捨てにして頂戴」

私は少し感情的に言っていました。私の言うのが伝わったのか、静香はおもむろに口を開き白い歯を見せて、何かに訴えでもするように言いましたが、それはおおよそ言葉とはほど遠く、解明することが出来ませんでした。私には静香が何を言っているのか全く理解出来ず、鳴き声にしか聞きとれませんでした。

私は暗い気持ちのまま、静香にそっと首輪をつけ紐で結びました。その先を持って連れ出しました。私は静香とゆっくり歩きながら、いつの間にか語りかけるように話していました。

「御免なさいね、静香。貴女に相談もせずに勝手に決めちゃって。貴女に喜んで貰おうと思って真先に飛んで来たのに。こういうことになるなんて。貴女に私が人間になったことを祝福して貰おうと思ったのに。貴女は反対したかしら。それとも賛成してくれた。貴女ならきっと喜んでくれたわね。私はとうとう本当の人間になることが出来た。その代わり貴女を失ってしまったわ。私には痛手だったけれど、仕方ないわね。いつも一緒にいたいけど、そういう訳にはいかないでしょう。生きているうちにはいろんなことがあって、多分いつまでも一緒にいられるなんて出来はしないわ。いつか別れなけりゃならないわ。でもこうしているといつまでも一緒にいられるかもしれないわ。言葉が通じなくっても、心が通じあっていればそれでいいわね。それに貴女は私が誰だか分かるし、私も貴女のことを知っているんだもの。いつか貴女は私にこんなことを言ったことがあるわね。今に豚が人間のペットになって紐につながれて散歩するんだって。その通りよ。私が貴女を連れて街中を歩けばきっと評判になるわ。だって私は美しい少女だし、貴女だって器量よしの豚だもの。静香、今貴女笑わなかった。確かにぶうぶうって笑ったみたいよ。そうね、楽しいわね。私が人間になっても、私と貴女の友情は変わりはしないわ。ひびなんか入らなくてよ。さて、これからどこへ行こうかしら。私は人間になってまだ一度も恋をしていないのよ。一度ぐらい素敵な恋を経験しなくちゃね。その点貴女は御立派よ。御亭主に逃げられたんですものね。そんなに怒らないの。貴女だってまだ捨てたもんじゃないわ。今度は逃げられないような相手を選ぶのよ。どっちがいい匂いがするかしら。人間になってからいい匂いを嗅がなくなったわ。貴女に任せるから、いい匂いのする方を選んでよ。風任せもいいけれど、今度は貴女のその鼻を信用することにするわ。牧場の親方さんや奥さんのことは心配しなくていいの。ちゃんと暇を貰って来たからね。空を飛べるといいんだけれど、貴女も私も高所恐怖症だから駄目ね。静香、これからはゆっくり歩きましょう。人生は長いんだから。楽しいことが一杯あると思うわ」

私と静香はゆっくりと歩き出しました。

私は豚

2001年1月15日　　初版第1刷発行

著　者　井村小波
発行者　瓜谷綱延
発行所　株式会社　文芸社
〒112-0004　東京都文京区後楽2-23-12
電話　03-3814-1177（代表）
03-3814-2455（営業）
振替　00190-8-728265

印刷所　株式会社平河工業社

乱丁・落丁本はお取り替えします。
ISBN4-8355-1027-5 C0093